MIAMI EN BRUMAS

COLECCIÓN CANIQUÍ

EDICIONES UNIVERSAL, Miami, Florida, 2000

NICOLÁS ABREU FELIPPE

MIAMI EN BRUMAS

Primera edición, 2000

EDICIONES UNIVERSAL
P.O. Box 450353 (Shenandoah Station)
Miami, FL 33245-0353. USA
Tel: (305) 642-3234 Fax: (305) 642-7978
e-mail: ediciones@kampung.net
http://www.ediciones.com

Library of Congress Catalog Card Nº 00-100764
I.S.B.N.: 0-89729-919-1

Diseño de la cubierta: Luis García Fresquet
Foto del autor en la cubierta posterior: Roberto Cazorla

A la memoria de Antonio **Abreu,**
mi padre, en algún lugar.

I

Entre el ronroneo que provocaban las olas al golpear el fondo del bote, Máximo escuchaba las noticias. Se divertía con las imbecilidades de los comentaristas y genios de la radio. La tarde caía. Bajo una turbulencia de nubes que parecían arder, el sol se sumergía enrojeciendo el horizonte. La luz llegaba arrastrándose a la costa y escalaba los edificios rechinando en los cristales. Sin embargo el resplandor se extenuaba en la orilla, donde las muchachas cogían sol con las tetas al aire, a los pies de la ciudad de Miami.

Pescar era su delirio, pero esta vez el propósito de tirar el bote al agua no era llevar algún pez fresco a casa. Quería estar solo. Entre el mar y Máximo siempre había existido una afinidad rara. Cada vez que se daba un chapuzón en sus aguas sentía como si lo chuparan, como si al sumergirse se separara de su cuerpo. La soledad que se esparcía sobre la superficie lo tocaba. Pensó en el suicidio, aquella tranquilidad refrescante lo hacía reflexionar siempre de la misma manera. Se dejaba llevar por la idea y se veía hundiéndose en el mar con el ancla atada al pie y un tiro en la cabeza, para incitar a los tiburones. Pero todo quedaba en su imaginación, en el peor momento se le interponía la familia. Aparecían su hijo, su mujer, sus padres y el amor que se reflejaba en esas imágenes, lo hacía volver a la realidad, aunque en el fondo reconocía que el suicidio era la única y última esperanza. Tal vez por eso, llevaba siempre en el bote su revólver calibre 38.

Sus padres se retorcían en su memoria. Nunca quisieron irse de Cuba y permanecían allá en la isla, bajo el mismo techo, conservando con vida todo lo que un día los mantuvo unidos. Las fotos que recibía lo deprimían. Sentados en los mismos sillones que él dejó, trataban de enviar una sonrisa de supervivencia. Era la misma madre a la que él muchas veces observaba trajinando en la casa, como si fuera por última vez. La misma madre que los domingos, cuando llegaba del cine, ponía en la mesa una cazuela de arroz con pollo cubierto todo de pimientos morrones. Era su padre que cantaba tangos bajo el chorro de la ducha. El mismo que él veía venir de la bodega, encorvado y tambaleante, con una lata de luzbrillante en cada mano. El mismo que decía orgulloso a todo el mundo que había visto, desde el bar donde se tomaba unos tragos, a Al Capone rodeado de guardaespaldas caminando por los muelles de La Habana. Todo se reducía ahora a fotos, a voces que parecían resonar tras el misterio de una carta.

Sacudió la cabeza como para expulsar las malas ideas y miró hacia los edificios que brillaban a lo lejos. Miami es una ciudad en la que se vive flotando. Los turistas la adoran, llegan, compran barato en las tiendas del centro de la ciudad y después se largan con la música a otra parte. Él la resistía por su mar, amaba sumergirse al atardecer en el agua tibia de las playas de Crandon Park. La toleraba por ser uno de esos puntos del continente donde sólo el verano azota. En julio y agosto el calor es sofocante, la piel de los hombres que trabajan al aire libre se endurece y se curte bajo el sol del mediodía. Por eso los cubanos la han elegido como refugio, porque el clima es rudo como el de su país y algunos hasta sueñan con convertirla en una nación. Sin embargo, los americanos que habitan aquí, por su piel débil, viven temerosos del cáncer. Otros, cuando la nieve cubre los estados del norte y los hace aun más inhabitables, huyen y vienen a Miami Beach a disfrutar un poco del sol que para entonces ha disminuido su vigor, pero luego, antes de que el verano azote, regresan de nuevo a las penumbras.

Máximo, extasiado, trataba de percibir cuándo se encendían las luces en los edificios más altos, pero no lo lograba. La iluminación en el litoral se iba intensificando a medida que caía la noche, imperceptiblemente para él.

Miami era un lugar que Máximo no comprendía del todo. Una ciudad pantanosa en la cual no existía un sistema de alcantarillado eficiente y después de los aguaceros, una gran parte, permanecía inundada por varios días. Una ciudad donde los estacionamientos para autos han sustituido a las hermosas plazas. Donde es muy difícil encontrarse a un ciego en una esquina, esperando la benevolencia de alguien que lo ayude a cruzar la calle. Una ciudad civilizada, de luces, de tiroteos, donde muchos sueñan con tener un carro europeo con cristales oscuros. Una ciudad de puertas cerradas, donde se puede vivir haciendo de la ridiculez un arte natural. Donde muchos cubanos siguen añorando la patria, pero se han convertido en una raza indefinida. Para Máximo las ciudades modernas eran monumentos a la inutilidad. Los hombres en sus grandes almacenes se trituraban entre sí. Miles de edificios cubren la arenosa orilla, a lo largo de toda la costa, con el propósito de amontonar gentes. La mayoría de ellos, prefabricados y luego ensamblados como rompecabezas. Por eso siempre llevaba en su memoria ciudades como La Habana y Toledo donde mirando la reja de una ventana, o los adoquines curiosamente acomodados en una calle, podía saborear el esfuerzo y la creación del ser humano.

En Miami las discotecas abundan. Los muchachos las invaden los fines de semana y danzan sudorosos entre colores que los embobecen. Gritos salvajes, remeneos de cintura, saltos incoherentes que hacen vibrar como maracas, tras las blusas escotadas, las tetas de las muchachas. Jóvenes que no van más allá de la secundaria, porque los libros pesan mucho y cuestan muy caros.

Máximo dedicaba los ratos libres a permanecer rodeado de lo que quería. Amaba las plantas que adornaban la casa, los cuadros que colgaban de las paredes, muchos de ellos comprados a plazos a pintores cubanos muy conocidos en Miami. Amaba el arte, creía con firmeza que era ése el último instinto que conservaba el hombre para poder sobrevivir. Se emocionaba mirando la noche borrar el horizonte. Lejos del bullicio y los intoxicantes automóviles, se refrescaba después de un día de trabajo.

Sonrió al ver a su perro ladrándole a la brillante superficie del agua con sus dos patas delanteras puestas sobre la borda. Máximo apagó el radio y le silbó al perro. Aretino rápidamente fue hacia él, se le acomodó entre las piernas y lo miró con unos ojos tristones, como la misma sombra que los envolvía. Máximo se creía culpable de aquella tristeza con la que cargaba el animal. Su tío Florencio, que compartió su vida con un perro inmenso y misterioso, le había dicho que los animales a los que uno quería y protegía, por no se sabe qué truculencias comunicativas, se iban contagiando con las lamentaciones y frustraciones de su amo y al final sufrían y padecían como un mismo ser. Por eso Florencio lo mandó a matar antes de que se muriera de un cáncer en la garganta. Siempre dijo que si con alguien quería encontrarse en el otro mundo era con su perro, porque había sido el único ser viviente que había penetrado en él como nadie. Máximo aprendió mucho de las conversaciones que sostuvo con su tío cuando lo visitaba. Vivió en un cuartucho, atestado de plantas, en un edificio ruinoso de La Habana Vieja que se sostenía gracias a los puntales que sujetaban los arquitrabes principales. Un viejo raro que no creía en los médicos y era adicto a las infusiones. Su vida quedó marcada después de la llegada de Fidel Castro al poder. Se convirtió en un hombre retraído, criticado por todos los oportunistas que se unían al nuevo proceso. Como muchos, no quiso huir y se hundió en los recuerdos esperando a que los rebeldes dejaran de jeringar. Impotente contemplaba como la ciudad se ennegrecía. Pero ignorando como es que puede calcinarse el espíritu humano, vivía convencido de que aquel desquicio social no podía arraigar en un pueblo tan divertido.

—Jamás abandonaré Cuba —le decía a Máximo en sus intrincadas conversaciones—, aquí vivo porque estoy amurallado por lo que quiero. En estas calles se esconden lindos recuerdos de todos los que quise, que han muerto. A veces tropiezan con mi olfato y los revivo gracias a mis palpitaciones, a lo sofocado que me voy sintiendo. Si huyera, todo eso moriría, se ahogaría lo que respira gracias a mí. Desde esta ventana aún logro ver mi juventud, La Habana llena de colores, no de locos, bajo la que yo vibraba. Llevo un poco de esta ciudad en mis hombros y si huyo, me convertiré en un cómplice dejándola hundir. La Habana es un gran ser viviente. Mientras esté aquí no se ahogará, la mantendré a flote dándole oxígeno con mis recuerdos.

Ahora Máximo comprendía y admiraba mucho más las palabras de Florencio. Cuando era aún joven y el encanto del riesgo lo envolvía, aquellos razonamientos le parecían ridículos. Habían pasado años y él comenzaba a envejecer. Ahora su tío estaba muerto, quién sabe a dónde habían ido a parar sus huesos, él había huido y los rebeldes seguían jeringando en Cuba.

Aretino de vez en cuando le pasaba la lengua por la cara a su amo, pero aquel baboseo, al final, irritaba a Máximo que lo repelía de alguna manera.

—Aretino, para ya o te bajo... —le dijo— mira allá qué bonita se ve la ciudad desde aquí, tal parece que no la habita nadie... ¿no estás aburrido?... yo sí; además estoy cansado... ya, te estás quieto o te tiro al agua para que te des un chapuzón.

El perro al oír que le hablaba en vez de calmarse, comenzó a ladrar alborozado. Aretino era un perro muy inquieto y a Máximo le molestaba que jamás se estuviera tranquilo cuando él lo quería acariciar.

—No te entiendo, me hablas en español o te callas —le dijo mientras le apretaba el hocico y le besaba entre los ojos.

Máximo había levantado el ancla y el bote se movía a la deriva. Preocupado miró a su alrededor temeroso de poder chocar con otro bote o con alguna boya. Por la facultad que tenía de entretenerse con cualquier cosa, se había visto en varios aprietos. Una vez, por no percatarse de que la marea estaba bajando, encalló por varias horas.

La noche los envolvió y Máximo al ver que flotaban en la oscuridad prendió la lámpara de propano. Aretino, tras él, entorpecía sus movimientos buscando que le prestara atención. Por último arrancó el motor decidido a regresar, miró hacia la oscuridad tratando de descubrir el horizonte, pero no pudo rescatarlo de aquella masa que se imponía impenetrable. Sabía que todo aunque invisible permanecía intacto más allá, y contempló por unos segundos las luces de los botes pesqueros que a lo lejos parecían danzar en el espacio. Máximo había atravesado aquel mar en un bote de 27 pies. Su mujer, más sesenta personas, lo acompañaron en aquella travesía. Aún no comprendía cómo la embarcación sobrevivió los embates de la tormenta que enfrentaron en el Estrecho de la Florida. Al amanecer pudo ver las inmensas olas que habían hecho estremecer la embarcación en la oscuridad de la noche. El mar y las tormentas seguían ahí y se imponían ahora a otros que aspiraban a ser libres. La libertad, a la que Máximo se adaptó rápidamente, le trajo nuevas aspiraciones, sacrificios y alguna que otra frustración que sumó a las que ya padecía. De muy joven soñaba con ser un buen batería y tocar en un grupo creado por él, pero la más sofisticada batería que logró tener en su isla fueron los libros, cubos y palanganas viejas de su casa que colocaba sobre la cama, donde a base de estridentes redobles se saciaba cantando canciones del momento, coreado por sus hermanos y amigos, quienes lejos de ser cantantes parecían vendedores de mangos. Veinte años después cuando se sentó frente a una batería auténtica su cuerpo vibró, las manos le temblaron y se sintió impotente, ridículo. El tiempo había pasado, no podía, ya frente a ella, tocarla como a él le hubiese gustado. Después de redoblar arrítmicamente y de tratar infructuosamente de seguir el ritmo de *Ob-la-di, Ob-la-da*, tiró las baquetas y aunque sonrió, estaba destruido.

Pero no sólo batería había soñado ser, creía desde niño y aún tenía esa convicción, de que podía llegar a ser una estrella de cine, un actor de la talla de Charles Chaplin. Pero en Cuba jamás tuvo la oportunidad de estudiar en ninguna escuela de artes dramáticas, necesitaba muchos requisitos políticos que sólo lo conducían a complicidades y a servir al comunismo establecido. Él y algunos de sus amigos abandonaron el preuniversitario cuando se dieron cuenta de que jamás conseguirían estudiar la carrera universitaria que deseaban, en su caso (ésa era otra frustración), licenciatura en Historia del Arte. Sólo algo conservaba de aquella isla donde había vivido sitiado: la habilidad de poder encontrar siempre una manera de huir de todas las dificultades que se le presentaban. Así, huyendo, llegó a la Florida. Lugar que lo alejaba más de sus sueños y lo enfrentaba con nuevas calamidades. Los años de encierro e incomunicación y en parte su inocencia, lo confundieron y creyó por un tiempo que al librarse de la dictadura que padecía y llegar al extranjero, jamás estaría sometido a la voluntad o al empecinamiento de ningún líder político. Claro está, a su llegada de Cuba, comisionado, alcalde, senador, eran rangos desconocidos para Máximo.

Por eso después de tantos años de destierro su mayor ambición era que un ovni lo raptara. A diario escudriñaba el cielo buscando un platillo volador. Pero hasta ahora todas las visiones que le originaron cierta esperanza terminaron siendo un objeto identificado. No tenía pruebas sustanciales para asegurar la existencia de esos artefactos en los que ya tantos creen y donde ven cierta posibilidad de salvación. Pero a pesar de sus fracasos vivía confiado en que en algún momento se enfrentaría a algo extraterrenal. Más tarde comprendería, decepcionado, que el único viaje interplanetario que había dado en toda su vida, fue su huida en bote hacia el exilio. Y que los marcianos que lo rodeaban no se parecían ni remotamente a los que había soñado.

Máximo miraba al cielo cuando por instinto puso en marcha el bote. Aretino corrió a la proa y allí comenzó a ladrar. Su amo fingió ignorarlo, con una linterna en la mano buscaba las balizas que marcaban los límites del canal para no encallar y entrar sin dificultades en la bahía. La costa estaba lejos y el regreso le llevaría un buen tiempo. Como lo sabía, retorciéndose para no soltar el timón, sacó una cerveza de la nevera. Tomó un trago y luego, como todo un marino, prendió un cigarro. El viento le aguaba los ojos; mientras, en la distancia, Miami se ensanchaba en un torbellino de luces.

II

Había oleaje. Se podía ver la espuma retraerse entre el diente de perro. A veces se desflecaba en las afiladas rocas formando largas tiras burbujeantes. Algunas olas llegaban hasta el muro aprovechando los espacios abiertos que forman las pocetas, las mismas que los jóvenes usan para darse un chapuzón en los días soleados. Pero ahora había luna y su resplandor semejaba una larga estela fosforescente sobre el mar. En la orilla el reflejo reverberaba sobre las olas como la luz de un farol a la intemperie. El viento esparcía una llovizna salada sobre la ciudad. Se apoyó sobre el muro mojado y miró hacia los arrecifes tratando de ver alguna ola romper. En ese lugar la ancha costra de diente de perro se extendía mucho más formando una explanada de múltiples charcos. Se entretuvo en mirar como las olas iban renovando los pequeños estanques dejando una espumosa superficie. Pero una ola, de ésas que siempre rompen más que las otras, reventó contra las rocas en un suicidio esplendoroso y como polvo, esparcida por el viento, llegó a Dulce dejando el sabor de toda la inmensidad en sus labios. El malecón de La Habana es un lugar sin tiempo, un lugar que guarda múltiples secretos, es el lugar donde los cubanos de espaldas a la ciudad tiran sus brujerías, rezan, hacen promesas, sueñan y se engrandecen. Según los románticos que vivieron la época republicana y los cubanos de la última generación que han tenido que usarlo como posada, el malecón es lo más lindo que tiene la ciudad de La Habana. Allí la rabia y el hambre se calman por la esperanza que ofrece el horizonte. Allí los jóvenes cantan bajo el refugio consolador que siempre traen las olas. Rechinan los dientes contra todo, reniegan contra la imposibilidad de una mejor vida. Allí van las parejas y aprietan recostadas al muro. Allí los pescadores al atardecer tienden sus nailons y pasan horas, algunos se cubren la cabeza con un sombrero de guano. Pierden plomadas y anzuelos y los niños con caretas rastrean las piedras del fondo y luego venden los avíos rescatados a los ancianos que a pesar de pagarles se lo agradecen. Algunos pescan chopas desde las mojoneras usando masa de pan como carnada y otros se entretienen en pescar gaviotas con las que preparan un suculento fricasé. Vuelan como locas con el anzuelo clavado en el pescuezo hasta que son traídas a tierra como un papalote.

Dulce caminaba despacio por la ancha acera, por donde fácilmente podía transitar un automóvil. Grupos de muchachos mataban el tiempo haciendo cuentos mientras las parejas se manoseaban en los rincones más apartados. Pasó cerca de un solitario que con un radio portátil empotrado en la oreja trataba de escuchar una estación extranjera que se escurría por la interferencia. El hombre estaba tan ensimismado en su tarea que no se percató de la presencia de Dulce. Algunas emisoras de Miami se escuchaban a escondidas a pesar del control. Los CDR[1] se ocupaban de vigilar las calles y vecindarios con el fin de delatar a todo el que intentaba "diversionarse" ideológicamente. Por eso a Dulce le llamó la atención que el hombre no se hubiese alarmado.

Ya estaba casi en la boca de la bahía. La gran lengua de rocas donde se levantan las fortalezas del Morro y la Cabaña que sirven de abrigo a la ciudad, aplacaba el viento y hacía que

[1] Comité de Defensa de la Revolución.

el agua de la bahía se mantuviera en calma. Los botes de madera, atados a las boyas corroídas, apenas se movían sobre el manto grasoso. Uno de ellos estaba lleno de agua y su dueño enérgicamente se la extraía con una cubeta. Un descomunal buque mercante venía entrando en la bahía cargado de contenedores, dirigido por un barco piloto del puerto que parecía una canoa frente a aquella mole de hierro. Varios niños encaramados en el muro miraban entusiasmados el espectáculo. El faro del Morro estaba funcionando y su luz se trababa en las nubes iluminándolas. El mar, los barcos, el faro, el olor fresco de la brisa, una pareja casi desnuda en un rincón, la hicieron acordarse de Máximo. ¿Qué estaría haciendo en aquel instante? Cuánto no deseaba ella huir también de aquella isla, de aquel malecón, de esa ciudad enclenque y enmuletada que a sus espaldas la miraba ruinosa. Una ciudad en blanco y negro. Una ciudad abarrotada de historia que se retorcía en sí misma, que había sobrevivido a los cañonazos de los buques ingleses, a los ataques de piratas y corsarios, a los trueques a que la sometieron naciones extranjeras como si fuese un saco de papas. Ahora se derrengaba en su propio suelo ante la pasividad, la ignorancia, la segregación y el miedo que descansaban en sus puntales.

¿Quién va a salvar esta ciudad si todos pensamos en largarnos para Miami?, se preguntaba Dulce. Como si la hubiesen llamado se volvió y miró los edificios poco iluminados que ensombrecían, a todo lo largo, el litoral habanero. A intervalos pasaban carros y motocicletas que dejaban un ruido chillón en su recorrido por la ancha avenida. Por lo demás la tranquilidad era amenazadora a tan temprana hora de la noche. Nada había que hacer, salvo tratar de que el tiempo pasara sin dañar y Dulce aprovechaba la brisa salobre. Ir a coger fresco al malecón era muy habitual en los habaneros. En verdad cuando la ciudad se ahogaba bajo el sofocante calor del verano y las calles ardían como fogones, allí, en el muro, el fresco hacía acurrucarse a las parejas y los rostros se enardecían llenos de placer. Los borrachos, cerca de los muelles, encontraban siempre un bar abierto donde en masa se emborrachaban y alardeaban. Donde también se veía de vez en cuando un extranjero despistado, casi siempre marinero, que buscaba el servicio de alguna muchacha que cambiaba su cuerpo por ropa interior o algún pulóver que exhibiera letreros en cualquier idioma que no fuera español. Las jineteras preferían a los turistas y los abordaban en los hoteles o a la salida de las diplotiendas. Para los cubanos los extranjeros parecían venir de otro mundo. Eran reconocidos por su vestuario, por su olor, por el color de su piel. La piel del cubano había tomado, dentro del proceso de calamidades, un color gris.

Casi todas las ventanas de los edificios frente al mar estaban abiertas y Dulce sentía envidia de aquéllos que podían disfrutar, todos los días, del fresco que venía del golfo. Se los imaginaba soñolientos descansando sobre una butaca, sin padecer del calor que a ella la torturaba en su cuarto. La Habana, como si se hubiera convertido en un pueblo de campo donde no hay mucho que hacer después que las gallinas se recogen, se dormía a la caída del sol, por eso las gentes que querían vivir se reunían en el malecón. La posibilidad de un poco más de vida estaba a la intemperie.

Le dolía la cabeza por la brusquedad con que el aire le agitaba el pelo y ya frente al gran Paseo del Prado decidió volver a su cuarto. Cruzó la avenida casi corriendo y el dolor que tenía en las piernas se le intensificó, cojeando llegó a alcanzar la otra acera. Buscó con la mirada algún bombillo cercano que estuviera encendido, quería mirarse el tobillo derecho a ver si lo tenía hinchado. Después que cayó de la escalera y se fracturó el peroné, se le inflamaba a menudo cuando estaba mucho rato de pie. Sentía una presión sobre el hueso como si el peso de todo su cuerpo estuviera apoyándose en él, lo que le provocaba unos calambres intermitentes y el adormecimiento de toda la pierna. Se recostó a una columna de un portal y descansó. Un toldo, de los años cincuenta, ripiado y polvoriento se mecía haciendo sonar el tubo que aún milagrosamente lo sujetaba. Dulce sintió miedo a que se fuera a caer con el constante azotar del viento y la golpeara. Evitó tropezar, cuando decidió seguir su camino, con los balaustres tambaleantes del muro del portal, en algunas partes ya desaparecidos. Sus ojos carmelitas parecían dos manchas que de vez en cuando centellaban al encontrar el reflejo de alguna luz. Varias parejas mataban el tiempo sentadas en los bancos de hierro que había en el Paseo, mientras los niños inventaban juegos. Algunos faroles del alumbrado público en esa área aún funcionaban y la luz amarillenta de los bombillos parecía humillarse bajo los inmensos árboles. Había más movimiento en ese sitio. Frente a la taquilla del cine Negrete se extendía una pequeña cola. Dulce, cuando exhibían una buena película, iba y se refugiaba allí. Era para ella como dar un viaje. Al entrar la embargaba la misma alegría de los preparativos, pero al salir recibía el choque de la tiznada imagen de la realidad. Todas las películas extranjeras le gustaban salvo las soviéticas que siempre giraban sobre un mismo tema, la guerra, la miseria o sobre un mártir que enardecido lo daba todo a cambio de que perdurara cualquier porquería. Sin embargo las películas italianas y francesas la alborotaban, sus ojos se revitalizaban con los colores que envolvían las ciudades depuradamente limpias y conservadas, las tiendas lujosas donde parecían explotar los colores. Algo tan antinatural en la ciudad que habitaba. Por eso se babeaba en la luneta contemplando las ciudades que encandilaban en la pantalla por la multiplicidad de los colores. No había una sola vez que saliera del cine que no sufriera un ataque de jaqueca, sus ojos se empañaban al encontrarse de nuevo con el paisaje habitual opaco y terroso.

Sintió el olor a pizza cuando pasó frente a la pizzería Prado 264. Evadió la molotera que se amontonaba en la acera esperando entre gritos y agitación su turno para sentarse a una mesa. Una vigilia de horas por un trozo de pan, que servían achicharrado o medio crudo. Casi siempre eran de queso pero en los días de suerte se podían encontrar de cebolla o ají. Algunos creyentes, con suma discreción, rezaban porque no se fuera la luz.

Dulce tenía hambre, pero no estaba dispuesta a hacer esa cola para comer, ya buscaría la forma de engañar el estómago cuando llegara a la casa, para que los escalofríos, los estridentes ruidos en el vientre y la debilidad, la dejaran dormir. De momento empezó a sudar, su frente ancha se empapó y la luz la hizo resplandecer. Su pelo rizado danzaba intranquilo sobre sus hombros al ritmo del paso apresurado que llevaba a pesar del dolor en la pierna. Llegar pronto a casa era toda su intención. Se pasó la mano por la frente y aquel contacto la hizo acordarse de las babosas que habitaban la cerca de piedra del patio de la casa donde transcurrió su infancia. En un recorrido lento e intemporal dejaban su huella sobre la superficie porosa. Allí, al amanecer, de rodillas sobre la hierba húmeda, admiraba aquella calma, aquella forma de vida que bullía a su alrededor. Aquella vida que se multiplicaba y se repetía a diario con un fin misterioso. Algunas veces se atrevía a tocarlas y luego se entretenía manoseando la baba que se le pegaba en la yema del dedo.

Por el Paseo del Prado, en los días de carnavales, muchos años atrás, desfilaban las carrozas ambiciosamente decoradas. Cuando era niña, sus padres la llevaban siempre a mirar el desfile. Unas tras otras moviéndose lentamente al compás de un ritmo. Una melodía que se mezclaba con la otra, con el alboroto de los chiquillos pidiendo serpentinas, que las modelos tiraban desde lo más alto de las plataformas. El reflejo del sol en los espejos despedazaba los colores que parecían emerger a borbotones de un estuche de cristal. La apasionaba el color azul y cuando pasaba una carroza donde predominaba ese color era tanta la emoción que la embargaba que sufría. La alegría de Dulce podía tocarse. La entusiasmaban mucho aquellas fiestas, siempre le había gustado la danza, esa excitación que proporciona el baile popular, espontáneo, esa forma en que la música emerge del cuerpo transformada en gesticulaciones y patadas. Uno de sus sueños frustrados era no haber bailado profesionalmente, la gracia no le había faltado, su rostro reflejaba el talento que poseía y sus dientes levemente botados le permitían sonreír con elegancia cuando lo deseaba. La sonrisa fría, seca, característica de las bailarinas. Admiraba a las mujeres que bailaban en trusa en lo más alto de las carrozas y se divertía de lo lindo imitando sus movimientos. Los balcones y las azoteas se abarrotaban de personas que miraban el espectáculo y los niños tiraban serpentinas y los hombres gozaban cómo las mulatas sacudían las despampanantes nalgas. Dulce no pasó de participar en coreografías que se montaban en las fiestas de quince años. Sus propios quince los montó ella apartándose de los pasillos rutinarios y tradicionales que siempre se usaban. Todos los participantes la felicitaron por lo bien que lo había hecho. Todavía en la actualidad cuando oía *Danubio Azul* recordaba con regocijo y orgullo cómo la aplaudieron mientras bailaba. El fin a sus aspiraciones se lo había puesto su padre, un seguidor de los que tomaron el poder en Cuba en el año 1959. La martirizó durante muchos años para que ingresara en una academia militar. No lo logró por la fuerza con que Dulce se opuso, pero consiguió que se alejara del baile y las fiestas para siempre.

Dos hombres pasaron junto a ella y uno acercándosele le dijo una barrabasada que Dulce no entendió. Oyó un ronquido intenso como si el muchacho hubiese machucado las palabras en la lengua antes de hablar. Nunca había llegado a comprender del todo esa manera tan rudimentaria de algunos hombres para tratar de conquistar a las mujeres. Algunas veces le gustaba cuando alguno se le quedaba mirando o le decía un piropo elegante. Tomaba aquel mensaje como una prueba de que existía, como una primera manifestación del deseo.

Quería llegar a su cuarto de una vez, eran demasiadas las molestias que sentía y estaba cansada. Unas de las ligas que se ponía para sujetarse las medias, que habían perdido el elástico, se partió. Iba arrastrando un pie para evitar que la media no se deslizara dentro del zapato, pero a pesar de su esfuerzo se le amontonaba en la punta torturándole el dedo gordo. La erizaba la picazón en el lugar donde la liga le había estado cortando la circulación y estuvo a punto de sentarse en el contén a darse uña.

Cojeando, sudando, desesperada, con ganas de gritar, de orinar, dobló la esquina y vio el edificio donde vivía. Saber que estaba cerca de su cuarto, de su refugio, le proporcionó cierto alivio y energía. Casi la tumban varios perros que corrían ansiosos por la acera detrás de una perra ruina, unos tratando de encaramársele y otros husmeándole entre las patas. Dos niños la seguían muertos de risa, azuzando a los perros.

—Cógela, cógela ahora —gritaban mientras movían la cintura agarrándose los güevos por encima del pantalón.

Dulce trató de ignorar lo que pasaba a su alrededor, pero no pudo impedir ver como la perra arrastraba a un macho que se le había encaramado arriba e incómodamente trataba de penetrarla. El bicho rojo del perro colgaba buscando donde meterse y aunque no podía definir muy bien su forma por la poca luz, le vino a la mente una zanahoria. Los niños y los perros siguieron calle abajo por entre el mal olor y la basura amontonada en la esquina. Dulce se enfrentó a la escalera que le llevaba a su cuarto. Allí estaban los dos descamisados, como siempre, sentados en el primer escalón. Una vez los había sorprendido agachándose cuando ella subía la escalera en sayas. Sin falta, a cualquier hora del día, se topaba con ellos cuando subía o bajaba de su cuarto. Se levantaron al verla y pasó entre los jóvenes tratando de ignorarlos, pero sentía sus miradas arrebatarle las ropas.

Abrió con dificultad la puerta, con maña la levantó un poco para que no rozara mucho contra el suelo. Allí estaba el calor esperándola, la misma soledad, el mismo aburrimiento aplastante. Se quedó un instante parada detrás de la puerta soportando todos los dolores que la volvieron a atacar de repente. Le ardía la cara como si le hubiese subido la presión. Miró hacia la ventana con el propósito de abrirla, pero detuvo el impulso. El bombillo de la cocina estaba encendido y sonrió, evidentemente sorprendida porque no se había ido la luz.

III

Hialeah amaneció bajo neblina. Un manto blanco se posaba sobre el matorral del fondo de la casa. Las ramas de los árboles más altos, que sobresalían, parecían ahogarse a medida que la niebla ascendía. Máximo se acordó, mirando la neblinosa mañana, de las películas de terror que veía cuando muchacho, filmadas en las penumbras de calles londinenses.

Después de jugar un rato con su perro, entró a la cocina y cerró con cuidado la puerta del patio. Se sirvió una taza de café y mientras la tomaba, se acercó a la puerta del cuarto y miró de reojo a su mujer y su hijo que dormían envueltos entre las sábanas. Se dio cuenta que un cuadro que adornaba una de las paredes estaba ladeado y pensó en que más tarde lo iba a arreglar. Le daba carcomilla que un cuadro no se viera correctamente desde cualquier ángulo que se le mirara. Luego fue y colocó la taza vacía en el fregadero y no muy entusiasmado salió a desenganchar el bote del carro y darle manguera al motor para quitarle el salitre.

En realidad no estaba muy animado a trabajar, pero el bote obstruía la mitad de la acera. Por vagancia no lo había hecho la noche anterior y ahora se arrepentía profundamente. Aunque poseía seguro contra todo, lo aterraba la idea de que alguien se fuera a golpear con aquel bote atravesado. Nunca se sabe cómo terminan esos litigios. Los cazadores de demandas andaban sueltos por toda la ciudad esperando una oportunidad. Desde su llegada a Miami, la palabra demanda se le quedó grabada en la mente como una enfermedad contagiosa. Los casos eran increíbles: hombres que se dejaban caer por una escalera y luego declaraban que ésta carecía de seguridad. Un buen abogado establecía más tarde una demanda legal contra el edificio o el centro comercial, atestiguando que a la baranda le faltaba un tornillo o escaseaba la iluminación por un bombillo fundido que no se había reemplazado por dejadez y negligencia. Hay abogados lumbreras para estos casos en los que de todo el juego salen con un cuarenta por ciento o más de la compensación que recibe la víctima. Supo de un caso en particular, que lo decidió a comprar buenos seguros. Un conocido suyo aprovechando una escapada del perro de su vecino, lo cuqueó hasta que éste por poco lo desguaza a mordidas. Lo había calculado todo para hacerse de unos pesos. La idea se le ocurrió cuando el mismo vecino en una conversación, de portal a portal, le dejó saber que le había comprado un buen seguro a su perro por si atacaba a alguien. Máximo nunca se enteró si ganó la demanda legal que estableció, ni si recibió alguna compensación monetaria. Lo que sí supo fue que al perro se lo llevó la ciudad en un carro jaula para examinarlo, y sus dueños nunca más supieron de él.

Lo que irritaba a Máximo era que tenía que mover su bote de la acera, porque aunque pagaba seguros para no preocuparse, en el fondo lo espantaba la idea de que en el momento que le hiciera falta usar alguno de ellos, no le sirviera para nada, como le ha sucedido a muchos. Las compañías aseguradoras siempre buscan la manera de estafar a sus clientes y lo logran aunque lean mil veces el contrato antes de firmarlo. No comprendía cómo las leyes impuestas y las que aparecían de sopetón siempre favorecían a los dueños de las compañías de seguros. El seguro obligatorio establecido por la ley para los automóviles no cubría nada. A Máximo no le molestaba en lo absoluto que existieran los seguros, pero sólo para que los compre el que le dé la gana, como sucede en los países civilizados. Pensaba que las compañías de seguros médicos y de todo tipo estaban controladas por un grupo de ambiciosos con poder a veces para crear, o cuando no *cabildear*, leyes que protegieran sus fechorías. Por eso decía a menudo, que había que dudar y mirar con mucho recelo a esas leyes que se imponen con propósitos no muy claros, porque bajo cualquier sistema representan lo mismo.

Máximo enjuagó el motor de su bote. Aunque siempre trataba de hacerlo lo mejor posible, luego por un rato vivía la incertidumbre de que adentro, en algún lugar del complicado conducto que servía para el enfriamiento del motor, quedara agua salada. El salitre tiene la facultad divina de destruir con el tiempo todo lo que se le interponga. Recordaba las vigas oxidadas y las columnas herrumbrosas de los muelles que se adentraban en las playas de Marianao, allá en La Habana, donde solía ir a bañarse todos los fines de semana cuando el verano azotaba sin compasión.

Siempre le parecía poco lo que hacía por mantener su bote en buenas condiciones, sobre todo el motor, sabía que esos motores fuera de borda se echaban a perder muy rápido si no se les daba el mantenimiento adecuado. Y aquel artefacto, capaz de flotar, capaz de navegar, era su salvación. Lo liberaba, por un rato, del bullicio y la rutina de la ciudad. Desde muy temprana edad los botes estuvieron muy unidos a su vida y siempre con la esperanza de la salvación a bordo. Cuántas veces no soñó con un bote como aquél, que ya era delirar más que soñar, cuando perdía su mirada en la oscuridad sentado en el muro del malecón en La Habana, bajo la noche. ¿Qué habrá más allá?, se preguntaba hasta enloquecer. Alucinaba horas y horas. En su imaginación asaltaba botes pesqueros que veía relampaguear a lo lejos y que sumergidos en la oscuridad se daban el lujo de violar el horizonte. Su deseo de huir, en una rara confusión, lo hacía odiar y envidiar a una misma vez a aquellos pescadores. Con sólo poner proa al norte estaban a salvo. Sin embargo él se babeaba sobre las rocas añorando una brújula, un bote de remos o un milagro. Le pedía a Dios que de pronto saliera a flote frente a él, como por arte de magia, un minisubmarino que se lo llevara de allí. Pero nada, volvía a su casa con dolores de cabeza, hambriento e impotente, dejando en el mar, una vez más, la tragedia de su existencia flotando sobre las olas.

Su contacto con el pasado en Cuba lo sacudía a diario, no era sorprendente que durmiendo tuviera que enfrentarse a uno de sus sueños. Aquel sueño que de pronto surgía de las sombras y venía bufando hasta cubrirlo. Se veía en una larga cola frente a un establecimiento, sin tener la menor idea de lo que esperaba. En silencio, amontonados, miles de hombres y mujeres ojerosos y entumidos compartían aquella agonía. Una larga cola inmóvil de la que no podía separarse, esperando su turno sin saber para qué. Allí pasaba horas y horas, unas veces bajo la lluvia, otras bajo un sol sofocante o bajo un enjambre de mosquitos. Después un murmullo comenzaba a crecer hasta convertirse en un estruendo, en el que ya casi con los ojos abiertos, sudoroso y sobresaltado, alguien que surgía como de la nada, le gritaba al oído: se acabó la pizza. Era un sueño deprimente. Aquella pesadilla agotaba su mente por toda la mañana, como si de verdad hubiese pasado la noche sentado en aquel quicio esperando estoicamente. Otras veces soñaba que se pasaba horas y horas bajo un árbol amarillento comiendo almendras. Pero últimamente su preocupación era un elefante que se aparecía en su cuarto a medianoche y se tiraba a dormir a los pies de la cama.

Máximo le pasó un paño a su motor para secarlo, suavemente frotaba dos y tres veces sobre un mismo sitio como si lo acariciara. Confiaba en su Mercury fuera de borda, de 175 caballos de fuerza, que no lo había hecho pasar nunca un mal rato en alta mar.

El sol se levantaba con mucha actitud, sin duda iba a ser un día esplendoroso, de ésos en los que la luz, en complicidad con las paredes y techos blancos de la ciudad, te impide mirar a algunos sitios. El resplandor de Miami molesta, por eso la venta de espejuelos oscuros es siempre un buen negocio.

La vieja de enfrente a su casa regaba las plantas. Era obsesión lo de esa mujer con el jardín. Todos los domingos se aparecían su hija y ella con el maletero del carro lleno de matas para plantarlas, alrededor de la casa, en lo poco que le quedaba de tierra. Su hija era una flaca orgullosa de haber venido recién nacida para Miami, un caso más de los que abundan aquí en el exilio. Era una familia distinguida, no cargaban con la pena de haber venido en bote vía Mariel-Cayo Hueso ni en una balsa endeble. El exilio añejado pensaba que los llegados en los últimos tiempos eran indígenas analfabetos, y no querían reconocer el chasco que se llevaron, sólo porque con eso creían que le daban crédito al comunismo y a su líder en Cuba. No se ha podido localizar todavía cuál es el gen atrofiado que produce ese orgullo tan indigente. Para Máximo no era más que el reflejo de una torpeza sin precedentes, de una falta de sentido común tan grande que los hacía gravitar en la ignorancia como si fuera algo sublime. La familia que integraba esta niña especial adoraba la siembra. Por sembrar, habían sembrado un flamboyán a unos tres pies de la puerta, que el día que creciera, le iba a levantar el portal en peso. Se proponían crear una selva, sin darse cuenta, claro está, de las consecuencias que les podía traer en un futuro. Por último habían traído un molino de viento que colocaron dentro de aquel matorral. Por supuesto, la clásica fuente con el niño soltando el chorrito de agua por el pito, también estaba allí. De noche varios bombillos de diferentes colores, ocultos entre las ramas, se prendían automáticamente. Lo que provocaba que el chorrito centellara en la oscuridad, unas veces rojo, otras azul. Todo con el fin de competir con la otra vecina que se entretenía más o menos en lo mismo, con la diferencia, de que le había dado por sembrar cactus, según ella traídos de México y Texas y por los que pagaba un precio exorbitante. Pero ya todos los vecinos sabían que eran de Florida City. Todo aquello en el fondo le causaba mucha gracia.

Aquella pobre mujer, dejando caer un poco de agua en cada mata, le hizo acordarse de su madre que hacía tantos años no veía. Le pareció sentir su olor, ver su imagen idéntica a como la había dejado el día que se despidió de ella, y su rostro pasó a ser algo que trataba de definir en su memoria. Buscaba a su madre en el recuerdo y haberla abandonado le parecía ahora una traición. Revivía aquel momento en que ella, en medio de la calle, lo empujaba para que se largara. Pero no podía aceptar que huir, que abandonarlo todo, que salvarse, era más importante que sus padres, que su barrio, que treinta años de su vida. A veces sentía olores que lo transportaban a la cocina de su casa, donde su madre sudorosa revolvía un potaje con el cucharón de aluminio. Entonces ella lo miraba y le preguntaba:

—¿Tienes hambre?... No te preocupes, ahorita está.

Esa voz de su madre que a veces le perecía oír en un sitio cualquiera, y lo hacía mirar a su alrededor buscándola confuso, a sabiendas de que hacía el papel de imbécil.

—No te preocupes —le dijo su madre en una ocasión—, ya yo soy una vieja, no tengo nada que perder. Para qué me pueden querer a mí estos comunistas. Los jóvenes como ustedes son los que les sirven. Y yo no tuve hijos para que estos cabrones me los vengan a explotar ni para que me los manden a morir a África. Vete tú, y si puedes después me reclamas. Lo importante para mí es que tú te vayas, te libres de esto. Tenemos que hacer como los indios, huir uno tras otro. Yo aquí mientras tanto me voy haciendo la boba, la de la vista gorda, y que me digan loca o lo que quieran que yo con ese cuento jodo a María Santísima.

Las palabras de su madre todavía retumbaban en su memoria. Alentaba a todos a huir pero ella no era capaz de dejar su tierra, y así fue como su madre dijo adiós al último hijo que se mantenía a su lado y quedó sola. Fue en esos días que se produjo la estampida de miles de cubanos. Después que casi doce mil suicidas que invadieron la embajada de Perú en La Habana pidiendo libertad y asilo político, abrieron las puertas a aquella emigración masiva por el puerto de Mariel en La Habana. Fuga que aún mantienen, en menor escala, los que continúan atravesando el estrecho de la Florida en cámaras de goma.

Máximo tenía dos hermanos mayores que él, Berto y María. Vivían en Miami desde el año 1969. Berto trabajaba de inspector de sanidad para el Condado, con un salario muy bueno. Luchó en vano tratando de que su hermano pudiera salir de Cuba junto con él, pero el Servicio Militar al que fue movilizado tronchó todas las esperanzas. A Berto el sistema de vida en los Estados Unidos lo trasformó y, según él mismo, no soportaba vivir entre cubanos, por eso compró su casa en un reparto de americanos, muy aburrido, en West Palm Beach. Máximo se incomodaba al hablar con él porque mezclaba ya los dos idiomas de una forma muy grotesca. Para colmo se había quedado solterón y eso agravaba su resabio. Su hermana, la más inteligente de los tres, era juez federal. La voz popular la llamaba *La Incorrupta* y en realidad lo era, de tal manera, que a los cincuenta años todavía era virgen. Con ella Máximo apenas mantenía contacto y le mentía a su madre, cuando preguntaba por su hermana, diciéndole que se hablaban mucho por teléfono a pesar del poco tiempo que tenía debido a la responsabilidad de su trabajo. Su madre se preocupaba por los tres desde la isla sin decidirse a viajar. Seguía el camino de su hermano Florencio, y a veces le reiteraba en cartas a su hijo: Prefiero ver cómo me abandonan los vivos a tener yo que abandonar a mis muertos.

Máximo se secó el sudor y directamente de la manguera tomó un poco de agua fresca. Enjuagó la nevera y se sentó sobre ella. No se sentía con muchos deseos de trabajar, pero se resistía, porque era de los que pensaban que del trabajo bruto se nutría el hombre. Supersticiosamente creía que al sudar se despojaba de todos los microbios zapadores que quisieran infiltrarse por su piel, además de librarse de todas las toxinas que intentaran entorpecer el funcionamiento de su organismo. No sentirse bien lo desequilibraba, era capaz de soportar el dolor más terrible sin protestar, siempre que supiera la causa. Sin embargo podía desmayarse fácilmente, si escupía y veía en la saliva una pizca de sangre. No existía un solo día en su vida en que no hubiera dedicado un buen rato a pensar en la muerte.

No entendía aquel fondo confuso en que se habían extraviado sus bisabuelas, sus abuelas y sus tíos. Un día a aquella misma anciana que lo había mecido en el sillón, la vio hecha un puñado de huesos en una caja podrida. Había tanta muerte en su cuerpo como vida. Cuando era niño, su padre lo llevaba a una finca en las afueras de La Habana. Allí criaba cochinos y gallinas. Máximo se entretenía buscando nidos entre los matorrales. Antes de cogerlos se aseguraba de que no estuvieran cluecos. Una vez abrió uno y sacó un pollito vivo, pero no sobrevivió a pesar de que lo puso al calor de un bombillo como en las incubadoras. Su madre se volvía loca por los huevos criollos, como decía ella, que sí daba gusto comérselos. Su padre vertía, ante sus ojos, latas repletas de sobras de comida a una puerca que estaba cebando y él se subía en una de las tablas del corral para ver mejor a la cochina revolcarse en aquella sambumbia antes de empezar a comer. Ahora percibía cierta similitud entre su vida y aquel sancocho, la saboreaba de la misma forma que lo hacía aquel animal rechoncho en la paila. A veces, con mucho esfuerzo, iba separando cada uno de sus recuerdos de aquel enjambre para colocarlos cronológicamente en su memoria. Trataba de disfrutar la intensidad con que los había vivido. Pero al final se perdía en un enredo tan grande que tenía que recostarse a la pared de uno de ellos a descansar. Era muy feliz cuando se zambullía en sí mismo, aunque en esos momentos de embobecimiento, como decía su mujer, no tenía que envidiarle nada a un anormal. Su mayor angustia era que ahora cargaba con dos pailas de sancocho, la paila que había traído de Cuba, la que él más quería, y la que a diario iba llenando en el exilio.

Metió las manos dentro del cubo lleno de agua limpia y enjuagó la toalla para secar el bote. Y sin pensar que ése era un nuevo recuerdo para la paila de su odiado exilio, decidió irse a desayunar a la cafetería de Pepín, porque ya el hambre le rechinaba en las paredes del estómago.

IV

Cuando con ágil movimiento hizo volar la sobrecama para cubrir el colchón, los papeles que estaban encima de la cómoda salieron espantados en todas direcciones. Aún conservaba con cariño aquella sobrecama que unos parientes le habían regalado en su boda veintidós años atrás. Los encajes que la adornaban habían sido zurcidos y requetezurcidos una y otra vez. Para colmo la aguja de coser había desaparecido misteriosamente del almanaque donde acostumbraba a clavarla. Pensaba que su tía se la había robado en una de sus visitas. Pero en realidad no era así, estaba allí en una hendija entre la pared y la losa, donde cayó al desprenderse del almanaque. La necesidad que se padecía en Cuba era tan alucinante que lo más insignificante se convertía en algo imprescindible. Una cuchara, un palito de tendedera, un alfiler, un pedacito de elástico, una mota para echarse talco, un pomito vacío, eran objetos valiosísimos y cualquiera que se extraviara era una pérdida irreparable. Del mismo almanaque sólo quedaba un paisaje floral agujereado infinidad de veces, no se podía precisar en qué año cumplió su función pero aún era útil. El tiempo ya se había convertido en algo intocable, sin rumbo, donde los días no significaban más que tragedias y lamentos.

En el momento que se agachó para recoger los papeles del piso, se sobresaltó con el tronar de una guagua o un camión que cruzó la calzada y miró hacia la ventana como si algo fuera a entrar por ella. Leyó un poco de la carta que había empezado a escribir la noche anterior, pero indecisa la colocó sobre la cómoda y le puso un pomo de colonia encima para que no fuera a volar de nuevo.

El cuarto de Dulce era pequeño, pero todo en él estaba muy organizado y limpio, a pesar de que los utensilios de limpieza no se conseguían. Los muebles que lo ocupaban eran viejos, los mismos que existían cuando llegó allí, después de los tres días de Luna de Miel en un hotel concedidos por el gobierno a las parejas que se casan por primera vez. Lo que daba encanto a aquel sitio era la presencia de Dulce. Su cuerpo menudo y sus precisos movimientos mantenían un orden, todo parecía recrearse cuando ella comenzaba a moverse de un lugar a otro. Desde que su esposo murió, no quiso más compañía. Aquel matrimonio impuesto ya había cumplido su cometido, su madre la hizo casarse con aquel hombre porque tenía un cuarto que le habían dejado sus padres cuando se fueron para el norte y ella, en parte por huir, la complació. Pero su matrimonio estuvo falta de amor, por eso nunca le dio un hijo y si algo recordaba de él, era la amargura con que siempre se lo reprochó. Antes de morir le repitió varias veces: nunca me diste el hijo que te lloré desde que nos casamos. Murió de una enfermedad misteriosa después que regresó de cumplir parte del Servicio Militar Obligatorio en un país de África. Dulce nunca supo en realidad qué enfermedad padeció, lo mantenían aislado en una sala del hospital donde, los días de visita, lo podía ver a través de un cristal.

De las paredes del cuarto colgaban todos sus muertos, específicamente sobre la cómoda, allí estaban sus padres envueltos por un marco antiquísimo, que pintó de azul. En un cartón había una foto de su difunto esposo bajo un algarrobo, tomada en un parque cercano al que fueron muchas veces, por las tardes, a sentarse en un banco a coger fresco y ver las gentes pasar. Le tiró aquella foto un día de su cumpleaños, el primero que cumplió estando casado con ella. En la foto sonreía de muy buena gana y se veía mucho mejor de lo que había sido en realidad. A veces, cuando las conseguía, al lado de unas flores artificiales que hizo con retazos de tela, colocaba flores naturales.

Dulce estaba en la cocina tapando el cubo donde almacenaba el agua para beber. Hacía unos minutos que había terminado de llenar un tanque que mantenía en el baño, para descargar el inodoro. El problema del agua era alarmante, a veces pasaban semanas sin que circulara un poco por las tuberías.

Tocaron a la puerta. Se dirigió a abrirla, mientras se secaba las manos con un pedazo de trapo. Su tía Zoila estaba allí en el pasillo exageradamente acicalada como siempre. Dulce la miró y sonrió, pero pensó inmediatamente en la aguja que se le había perdido.

—Vaya, si no me ocupo de venir a verte, ni te acuerdas de que existo.

—No tía, no es eso. Es que para salir a cualquier lado ahora hay que pensarlo dos veces, tú sabes mejor que nadie cómo están las guaguas. Lo práctico es no moverse de la casa a no ser que no quede más remedio.

—Bueno qué, ¿no me das un beso?

—Cómo no, si te arriesgas a que te eche a perder el maquillaje.

—No te preocupes, dame un beso.

Dulce abrazó a su tía y la besó.

—Qué olor más rico, de dónde has sacado eso.

—Bobita, bolsa negra y dólares. Con dolares consigues todo lo que quieras... bueno, casi todo, déjame no exagerar.

Zoila fue y se sentó al borde de la cama y su sobrina se a-comodó a su lado.

—¿Cómo seguiste de la fractura en la pierna? —le preguntó Zoila.

—Todavía se me hincha un poco, el médico me dio un mes más de licencia.

—Tremendas vacaciones, no te puedes quejar.

Dulce trabajaba de conserje en una escuela primaria cerca de su casa. Ya había pensado seriamente en volver a la rutina del trabajo, no tanto por el dinero como por escapar un poco del aburrimiento.

—Yo no sé cómo puedes vivir a oscuras, abre esa ventana —le pidió Zoila abanicándose la cara con la mano.

—No empieces a criticar, acabo de levantarme —le contestó mientras se incorporaba y complacía a su tía.

El edificio de la acera de enfrente, con todos sus balcones apuntalados, se impuso al paisaje. El moho, el hollín y la humedad cubrían la mayor parte de las rancias paredes, las grietas las atravesaban en todas direcciones formando intrincados laberintos, en algunos puntos tan hondos, que los gorriones aparecían y desaparecían por aquellos orificios donde en lo más profundo construían sus nidos. La luz invadió el cuarto y el barullo de la ciudad también, se oían voces de los apartamentos cercanos y la música proveniente de un radio a todo volumen. El ruido ensordecedor de los carros con sus tubos de escape destartalados llegaba hasta ellas y el aire espeso que cubría la ciudad invadió el cuarto. Desde aquella ventana el paisaje era crudo e invariable, las azoteas repletas de tarecos viejos, con antenas rotas, tanques de agua olvidados y alguno que otro cuarto improvisado con zines, maderas viejas y puertas de lonas en el mejor de los casos, daban un aspecto zarrapastroso al cielo que flotaba como una colcha empercudida. Uno de los habitantes de estas chozas tenía un palomar en el que conservaba una paloma, ya sus congéneres habían terminado en sopa. En una ocasión Dulce lo vio como sacaba una y le retorcía el pescuezo. Aún no había podido identificar si lo que sintió fue compasión o envidia.

—Oye, tienes la casa como un crisol. Eso de limpia, no puedes negar que lo heredas de tu difunta madre.

—Bueno, qué te trae por aquí.

—Vine a darte una vuelta, si te molesto me lo dices. Tú sabes que venir aquí no es de mi agrado. Si me sacrifico es por ti, moverse en esta ciudad sin transporte es más agotador que cruzar el desierto del Sahara. Además, esta mujer del comité que vive al lado tuyo es tremenda chismosa. Cada vez que subo las escaleras está parada en la puerta. Me fotografía de cuerpo entero con la mirada, si le preguntas sabe hasta el color del blúmer que traigo y el lugar exacto donde está zurcido. Envidiosa desmadrada es lo que es, por eso estamos como estamos, dan un ojo por verte ciego.

—No es para tanto tía, lo que pasa es que es una chismosa, nada más.

—No te confíes mi hijita, aprende a desconfiar, que aquí la gente por ver a los demás comiendo tierra, hacen cualquier cosa. Mira a tu madre todo lo que pasó, con la chivata aquella que vivía al lado, con tanto que la ayudó. Total, después se largó para los Estados Unidos, sabrá Dios a quién está jodiendo ahora allá... Oye, cambiando el tema, tú sabes que el otro día la amiga mía que está con el cónsul de Argentina me invitó a una fiesta en su casa. Por todo lo alto, de aceitunas y whisky Chivas Regal todo el tiempo.

—¡Aceitunas!... y por qué no me trajiste una, yo nunca las he visto, nada más que en fotografías. ¿Es verdad que existen?

—Claro que existen mi hijita, son verdes, redonditas y tienen una semillita adentro, pero éstas estaban rellenas con pimiento rojo, una maravilla. Fíjate lo lindas que son, que los ojos color aceituna son envidiables.

—Pues mira, necesito ver una, porque para mí se extinguieron como los dinosaurios.

—No me hagas reír... te veo excitada, ¿tienes algo que hacer?

—Tengo que ir a la panadería, me toca el pan hoy.

—Te compadezco, la cola que te espera es perra.

Zoila hizo una mueca, se recostó al respaldar de la cama y balbuceó:

—Bagazo, no pan, eso es lo que están haciendo.

—Tía, por casualidad, no tendrás dos puntillitas para clavar la gaveta de la cocina hasta que consiga una tabla nueva para arreglarla.

—¡Puntillas dijiste!, ¿estás loca? De dónde voy a sacar puntillas.

Zoila miró para la cómoda y vio la carta que Dulce había colocado allí bajo el pomo de colonia Bebyto. Una de las más baratas que todavía se podía conseguir en bolsa negra. Los privilegiados las compraban en las diplotiendas y luego las revendían o hacían trueques.

—¿Y esa carta?

—Óyeme, no tienes nada que envidiarle a la del comité, no se te escapa una.

—Curiosidad mi hijita, sólo curiosidad —le contestó su tía mientras dejada escapar una sonrisa burlona.

A Dulce no le quedó otro remedio que darle una explicación a medias para complacerla, aunque su tía en el fondo sabía que jamás le diría el propósito de la carta.

—Es una carta para Máximo, quiero que me diga qué quiere que haga con las cosas que me dejó su tío Florencio.

—Ten cuidado no le vayas a buscar un problema a ese hombre en Miami con la mujer. Tu oportunidad ya pasó y a lo mejor ya no se acuerda ni de que tú existes.

—Yo sé, no te preocupes.

—¿Qué pasó con el cuarto de Florencio por fin?

—La Reforma Urbana se lo dio a un matrimonio que vino de Oriente. Los dos trabajan para la policía, imagínate...

—Los palestinos están tomando La Habana poquito a poco.

Dulce caminó despacio hasta la cocina, la saya plisada bailaba con el movimiento de su cuerpo. Sin mucho entusiasmo le preguntó a su tía:

—Si quieres te cuelo la borra. Hace como una semana que no consigo café.

—Va el sacrificio, de todas maneras si no me cae bien me sirve de purgante.

Zoila no podía contener los deseos de coger la carta, pero no se atrevió. Desde la cama observó como su sobrina sacó un jarro de aluminio muy maltratado y echó dentro la borra seca que estaba en el colador. Luego la revolvió en un poco de agua y puso el cacharro en el reverbero. Intentó prender el encendedor eléctrico pero no funcionó, los contactos estaban prácticamente destruidos y lamentándose usó el último fósforo para prender la mecha.

—El último fósforo, vamos a ver ahora si no se acaba también el alcohol antes de que hierva el agua —dijo Dulce sin mirar a su tía.

La gaveta de la cómoda, que Zoila casi tocaba con los pies, guardaba lo que Florencio le había dado a Dulce antes de morir, para que se lo hiciera llegar a su sobrino. Entre otras cosas un álbum de fotos de la familia, cartas, documentos y un dibujo a lápiz de Máximo que le había hecho él mismo. Florencio era un gran dibujante por vocación, jamás visitó una academia ni ningún profesional le había dado clases de dibujo. Pero según algunos pintores que vieron sus retratos hechos a lápiz, poseía un talento muy curioso. Muchos amigos trataron de que tomara la pintura con más seriedad, pero él aunque los oía los tiraba a mondongo. Saboreaba a su manera, en cualquier esquina, con un lápiz y una hoja en blanco, el misterio de la aparición. Jamás pintó a nadie que se lo pidiera, lo atraía un rostro y en él derrochaba su estado de ánimo. No era nada raro encontrárselo en la barbería, en el limpiabotas o en el portal de un vecino pintando a algún viejo arrugado que le posaba complaciente y orgulloso. Cuando iba a la bodega a comprar los mandados, apoyado en el mostrador, en un cartucho, pintaba al bodeguero o hacía una caricatura excelente de algún otro que esperaba en la cola. Vale decir que muy pocos de sus vecinos se escaparon de su manía. En realidad las puntillas que Dulce le había pedido a su tía no eran para arreglar la gaveta rota sino para colgar en la pared aquel dibujo que tanto quería, hecho por un hombre que siempre apoyó las relaciones de ella con Máximo.

El olor invadió el cuarto, a pesar de que el café que hacía Dulce se hervía por tercera vez. Zoila tomó despacio pero con gusto en un vaso plástico e incoloro, mientras su sobrina balanceaba la lata de leche condensada donde se había servido su porción, para que se enfriara.

Dulce, moviendo la cabeza para quitarse el pelo que le hacía cosquillas en la frente, le preguntó a su tía por su esposo.

—¿Oye y Marcelo cómo está?

—¿Me lo preguntas?, como siempre, con su guitarrita y el punto guajiro. Y ahora que está retirado, ya tú sabes, no se pierde un guateque. Se pasa la vida en la calle.

—Así por lo menos está entretenido y no piensa.

Zoila se levantó, puso el vaso plástico en la meseta, cogió su cartera y tan súbita como su llegada fue su partida, su sobrina como la conocía, no se sorprendió en lo más mínimo.

—Tengo muchas cosas que hacer, que tengas suerte y logres coger pan... ah, y puntillas no tengo, pero creo que tengo dos o tres tachuelas allá en la casa escondidas en la vitrina. Si te hacen mucha falta ve a buscarlas o si no espera a que yo te las traiga... si tienes alguna noticia de Máximo déjame saber, tú sabes que lo quiero mucho...

Ya Zoila iba llegando a la escalera cuando dijo las últimas palabras. Dulce cerró suavemente la puerta. Compartir con alguien de la familia siempre la aliviaba un poco, pero la alocada agitación en que vivía sumida su tía afectaba su temperamento tan pasivo, y aunque se irritaba con ella reconocía que era la única que se ocupaba de hacerle una visita. Ahora sufría la indecisión de ir o no ir a buscar el pan y con desgano se recostó en la cama. Paseó su mirada por el cuarto mientras con las manos acariciaba la sobrecama. Miró por un instante la gaveta donde tenía guardadas las cosas que le había dado Florencio, y luego se detuvo a contemplar la foto de su difunto esposo. Nada feliz podía recordar del tiempo que estuvieron juntos, en el fondo pensaba con agrado que estaba muerto. El día que reconoció que comenzó a ser feliz después de su entierro, se juzgó a sí misma como una persona cruel. Nadie sabía lo que había sufrido en la intimidad con su marido. Fue un perturbado que le impidió vivir dos horas de felicidad en tantos años de vida conyugal, sin embargo jadeaba con sólo pensar en los días que estuvo junto a Máximo. Aquel hombre la había maltratado sin darle un golpe, eran llagas lo que había dejado en su vida. Su esposo había sido sexualmente un desequilibrado mental. Dulce recordó cuando la mandaba a desnudar y la hacía caminar alrededor de la cama en ropa interior, después le pedía que se quitara el blúmer y se lo diera, muchas veces él mismo se lo arrancaba con furia. Dulce era de esas mujeres que se podían mirar desnudas. Entonces olía el blúmer con gusto y se secaba el sudor de la cara. Luego, como si se despojara, se lo restregaba por todo el cuerpo y entre alaridos y sollozos se masturbaba. Ella no sabía qué hacer cuando lo veía así y se arrinconaba hasta que él terminaba de desahogarse de aquella manera tan personal. Aunque al principio de su matrimonio después que conoció lo que ella llamaba "sus vicios", trató de ayudarlo, no consiguió mejorar su conducta en lo más mínimo.

Estuvo a punto de dormirse entre tanta angustia y en su embeleso decidió no ir a buscar el pan. No quería que los dos vecinos de enfrente le volvieran a mirar el fondillo cuando pasara. Era raro el día que no se los encontrara sentados en la escalera. No quería ver la torpeza con que todos se mueven por la calle. Rostros invadidos por el resabio y el sobresalto bajo el despedazamiento de una ciudad contaminada. Dulce se aislaba en su cuarto para no ser cómplice. Más tarde me tomo un vaso de agua con azúcar y se acabó, pensó. Era posible que la noche la sorprendiera allí en la cama, mientras infructuosamente trataba de buscar soluciones al más pequeño de sus problemas, aún no sabía cómo iba a conseguir la tablita para arreglar la gaveta ni el pedazo de alambre de cobre para los contactos del encendedor eléctrico, ni cómo hacerse de otra aguja para zurcir la sobrecama. Sabía que su tía no era capaz de coger nada sin pedirlo, pero la falta de lo más elemental la hacía desconfiar, la confundía. La solución no era otra que largarse de allí, huir como lo estaban haciendo cientos en balsas; pero con quién iba a contar ella, quién podría ayudarla, nadie salvo Máximo. Tenía que comunicarse con él para escapar de aquella ciudad inhabitable y empezar a vivir. Faltaba mucho para la noche, pero nada más había que esperar, la luz se iría como siempre hasta el amanecer. Dulce aburrida se asomaría en la ventana a soportar el calor contemplando la ciudad, alumbrada con antorchas, como en sus orígenes. Las sombras, con su desparpajo habitual, hundirían los tejados y harían desaparecer el indigente paisaje. La amarillenta luz de las lámparas caseras, que escapara por las persianas de alguna ventana, llegaría a ella como un consuelo de supervivencia. Luego se tiraría en la cama a abanicarse con una revista para que el sudor no encharcara la almohada y tal vez, atacada por la aflicción, se acariciaría la ingle levantando suavemente el elástico del blúmer, para luego frotar con furia aquella masa de pelo. Era así como instintivamente, alguna que otra noche, se masturbaba pensando en Máximo bajo la parpadeante luz de una chismosa.

V

Manejaba recostado a la puerta para que el aire que entraba por la ventanilla le agitara el pelo, eso le proporcionaba cierta calma y frescor, y algunas veces placer. Sobre todo en las mañanas, el aire denso, la humedad que invadía la atmósfera, lo llenaban de vida. Se podía asegurar que iba a ser un día de calor asfixiante. Máximo no resistía ese fogaje excesivo y persistente, pero por inconsistencias desconocidas del ser humano no podía vivir sin él, sudar lo hacía sentirse completamente vivo. Muy despacio, sin la frecuente agitación de un día de trabajo, iba Máximo por la avenida 28, dejándose atraer por todo lo que veía a su alrededor como si no lo hubiese visto nunca. La humedad de la noche aún se conservaba en los cristales del carro, pero como se había concentrado en la parte baja no se molestó en encender los limpiaparabrisas. De todas formas el aire se encargaría de secarlos, no quería que le pasara como otras veces que tratando de ganar en visibilidad lo echaba todo a perder enfangando el parabrisas.

Como era domingo había poco tráfico, era el único día en que no le importaba irse a cualquier lugar en su carro. A todo lo largo de la avenida 28, del lado del canal, los comerciantes exhibían sus productos. En ese pequeño mercado al aire libre se vendían colchones nuevos, flores, plantas ornamentales, cuadros con unos grabados toscos que más bien atemorizaban, guarapo y hasta coco frío. Este último negocio no existía en Miami y él pensó establecerlo, pero cuando vino a reaccionar, ya todo el mundo, como si le hubiera leído el pensamiento, andaba vendiendo coco frío en cualquier esquina. Con un machete le abrían un hueco al coco y le introducían un absorbente. Máximo prefería tomárselo pegando la boca, aunque se chorreara todo. También se estacionaban allí los vendedores de flores. Estas flores, según dicen, son traídas diariamente de Colombia. Pero de un día para otro están todas patisecas, por eso muchos, para estimularlas, acostumbraban a echarle hielo o dos aspirinas al agua. En realidad el remedio funcionaba como todo en lo que los científicos no han puesto sus manos. Ya era hora, pensaba Máximo, que los eruditos dedicaran un tiempo a estudiar seriamente por qué algunos de estos remedios caseros resultan formidables. Florencio lo convenció de que un cocimiento de bejuco ubí alivia, y a muchos cura, el catarro. Su tío vivió seguro que para atacar cierto tipo de parásitos nada era más efectivo que un mejunje de piña de ratón, y que no existía nada mejor que un brebaje preparado con guizazo de caballo para limpiar las vías urinarias y pulverizar las piedras de los riñones. Máximo miraba favorablemente en la actualidad como muchos, antes infortunados, acuden para aliviar el cáncer al cartílago de tiburón y a la uña de gato, mientras los sabios siguen obstinados en la quimioterapia, la razón, claro está, es muy sencilla, produce más dinero. Pero él, como le enseñó su tío Florencio, sí creía y confiaba en los remedios caseros.

A Máximo le encantaba este lugar de comerciantes al aire libre, le daba vida a esta ciudad de cajones con aire acondicionado. Hay que reconocer que los vendedores ambulantes se establecieron en 1980 después de la llegada de miles de cubanos a la Florida. Fueron acosados y perseguidos, pero al final se impusieron y gracias a ellos puede cualquiera comprar maní o naranjas listas para comer desde la ventanilla del carro cuando se detiene ante la luz roja de un semáforo.

La ciudad iba creciendo del otro lado del Palmetto Expressway. Es curioso como las ciudades casi siempre ensanchan hacia el oeste. De la noche a la mañana, los ranchos se convertían en repartos de una manera desagradable y desatinada. Los pinos centenarios se cortaban sin contemplaciones para fabricar casas, mercados o algún que otro edificio para personas de bajos ingresos donde los alcaldes y su séquito se buscaban sus quilos con los contratistas, por supuesto sin contar las ganancias adquiridas de antemano al autorizar el cambio de zonificación. Porque en este país enloquecido, los políticos establecen previamente en qué lugar se puede construir una casa, un edificio o un garaje, lo que convierte a las ciudades en monumentos al aburrimiento y al distanciamiento humano. En cualquier país del mundo un propietario puede acondicionar una quincalla o una bodega en la sala de su casa sin complicaciones de ningún tipo. En los Estados Unidos un atrevimiento de esta clase puede costar la cárcel o la ruina total. De vez en cuando algún alcalde era cogido asando maíz y los acosados por estas leyes arbitrarias recibían su recompensa, pero no todos iban a parar a la cárcel. No hace mucho uno fue separado de su cargo acusado de fraude, *raqueterismo*, estafa y abuso de poder. Aunque se comprobó que las elecciones que ganó fueron fraudulentas, bajo una cortina de confusión y rejuegos sucios se esconde el porqué meses después fue eximido de cargos. Ahora apoyado en la confianza que le tiene su pueblo, se está postulando otra vez. Lo más probable es que vuelva a tomar el City Hall, de eso se ocuparían los mismos cretinos que el día de las elecciones salen a votar en masa para convertirse en cómplices del delincuente de turno. Máximo no concebía como en una ciudad tan importante como Miami no existía un medio de transporte eficaz, como en cualquier otra ciudad del mundo. Al parecer a los políticos les convenía aquel sistema de trasporte fantasma que controlaban, ya que no hacían nada por mejorarlo salvo crear más trabas.

Los matorrales y los pinares iban desapareciendo para dar paso a nuevos repartos. Máximo sufría cada vez que veía caer uno de aquellos árboles. Tiempos atrás venía a estos montes a disfrutar de los ranchos, el único lugar donde podía pisar tierra o enfangarse los zapatos. Donde las iguanas, las lagartijas y las serpientes podían sobrevivir en su ambiente. Donde algunos cubanos se habían hecho vaqueros y venían los domingos a enlazar terneros en rodeos improvisados. Una vez en un rancho encontró un júcaro espinoso invadido por la enredadera de una chayotera. Los chayotes inmensos colgaban airosos, iguales a los que él arrancaba en los placeres cuando muchacho para llevarle a su abuela que le encantaban. Su madre también de vez en cuando hervía uno y se lo comía acabado de cocinar.

—Así es como único se puede comer esto —decía—, porque no sabe a nada.

Pepe el Baba, su amigo de infancia, lo acompañaba en sus andanzas. Pepe era eludido por casi todos. Siempre tenía las comisuras de los labios encharcadas de saliva y aquella baba que exhibía como flemas en su boca, a muchos de sus amigos les daba asco y se mantenían distantes. Pero a Máximo le importaba poco y no le hacía desaires, por eso eran amigos inseparables. Él nunca supo si Pepe el Baba se daba cuenta de que lo apartaban, porque era tan inocente como menudo y feo. Tenía el pelo lanudo que le caía como soga sobre las orejas y la frente. Los orificios de su nariz eran desproporcionadamente grandes y se mantenían húmedos todo el tiempo como si le supuraran. Su cutis no era malo pero a cada rato le aparecían unos barros que metían miedo. Un día le salió uno pegado al párpado que le impidió abrir el ojo por varios meses. Los dos iban juntos a robar mangos y calabazas cerca de la cantera. Terrenos prácticamente abandonados por sus dueños que se aparecían por allí de Pascua a San Juan. Pero a buscar chayotes iban a la Loma del Dudo, toda la cerca que bordeaba el trillo, que él y Pepe recorrían para llegar a la cima, estaba cubierta de chayoteras silvestres, las enredaderas eran tan intrincadas que en algunos sitios la cerca desaparecía bajo los bejucos y las hojas. A veces las enredaderas de cundiamor se abrazaban también a la cerca y se anudaban a las chayoteras, entre las cuales se veía algún cundiamor que estallaba bajo la luz en un rojo tan vivo que excitaba a los muchachos. Era entonces que bajo la sombra de una carolina que se erguía en lo más alto, muertos de la risa, competían haciéndose una paja para ver cuál chorro caía más lejos. En otras ocasiones llevando en cuenta el recorrido del disparo, con una piedra o un pedazo de rama seca marcaban la distancia hasta donde supuestamente debían llegar. Reían a carcajadas cuando terminaban de regar la tierra y la sentían gozar bajo sus pies, mientras poco a poco se iban llenando de una fogosa energía. A esta mata que los cubría con cierta complicidad y regocijo, también venía Máximo a coger sus flores que parecían brochas de afeitar y que él ponía arriba de un taburete para que bailaran mientras tocaba sobre el cuero como si fuera un tambor. Allí en la loma vivía también Rosario la Bruja. Era una mujer enigmática y aunque conocida por todos no mantenía amistad ni siquiera con sus vecinos más cercanos. En el fondo a nadie le interesaba mucho acercarse a ella, salvo cuando la necesitaban. Era considerada por los que habían ido en busca de sus servicios como la mejor brujera de la ciudad. En muchas oportunidades había demostrado sus poderes sobrenaturales curando enfermos y mandando a otros para el hospital de un simple soplido en la cara. Algunos no lo creían pero a su vez le guardaban cierto respeto. Se decía que había curado a locos, víctimas de alguna brujería, haciéndolos vomitar bolas de pelos ensangrentados. A un famoso bobo del barrio lo sanó dándole a beber un mejunje confeccionado con diferentes tipos de cactus. Muchas mujeres le debían la felicidad de su matrimonio a los trabajos que Rosario les preparaba y que permanecían ocultos en algún lugar de la casa o enterrados en el patio. Por eso el temor de acercarse a su casa y ser víctimas de algún maleficio era concebible. Todo el portal estaba lleno de macetas donde crecían cactus, algunos muy raros, que inspiraban cierto respeto a los muchachos. Las tablas machihembradas que formaban las paredes estaban enmohecidas y en muchos lugares, la humedad las había devorado. Por esos huecos suponían todos que Rosario vigilaba los alrededores. Pepe y Máximo eran más arriesgados y en ocasiones, cuando suponían que la bruja no estaba, brincaban la cerca y se ponían a curiosear entre los cactus y las brujerías que siempre tenía bajo una ceiba centenaria que se erguía amenazadora. Las espinas que salían de su tronco parecían espuelas de gallo y en primavera sus frutos estallaban dejando al descubierto algodones que luego el viento esparcía por todo el barrio. Máximo era más respetuoso, aunque se le podía llamar miedo a lo que sentía, pero su amigo sin titubeos cogía todos los quilos prietos que se encontraba y luego se meaba las manos para que la brujería no le causara ningún efecto. Pero lo que más impresionaba a Máximo era verlo como le quitaba la cinta roja a un plátano, supuestamente embrujado, y se lo comía tranquilamente. Un día Pepe fue a las doce de la noche a darle doce vueltas a la ceiba para comprobar si era verdad que salían espíritus burlones y diablos con forma de mono. Según su historia los vio, dijo que mamarrachos con caras babosas y ojos botados lo persiguieron hasta su casa. Pepe estuvo como dos días sin salir a la calle, cuando uno de sus amigos, a la mañana siguiente, le llevó el zapato que había perdido en la carrera no se quiso ni asomar a la puerta. Una vez Rosario la Bruja los sorprendió en el patio y se puso a hablar con ellos. Llevaba puesta una saya muy escandalosa, curiosamente elaborada con retazos de telas de diferentes colores, que le llegaba hasta los tobillos. Dos anillos rústicos de cobre enchapaban sus dos dedos índices, pero no exhibía esa retahíla de andariveles y argollas que ostentan siempre las hechiceras. Les llamó la atención que físicamente no parecía una bruja, tenía un pelo largo y muy brilloso como si se hubiera acabado de lavar con aceite mineral. Bajo unas cejas descuidadas, abarrotadas de pelos, mantenía los ojos engurruñados como si le molestara la luz. Ese día les pidió de favor que le fueran a buscar el pan y cuando regresaron como recompensa les regaló un durofrío de limón a cada uno. Aunque pensaron que el durofrío podía estar embrujado se lo comieron con mucho gusto. Máximo, aprovechando lo amistosamente que los trató, le preguntó que si era verdad que al anochecer todos los murciélagos del barrio iban a volar encima de su casa, pero ella se limitó a decir que no sabía. A partir de aquel día Pepe y Máximo cada vez que iban a la Loma del Dudo y veían a Rosario la Bruja le preguntaban si tenía necesidad de que le hicieran algún mandado, pero ella nunca más les pidió, aunque ellos lo deseaban, ningún otro favor.

Cuando se detuvo en el semáforo de la calle 122, junto al canal, posada sobre una rama que caía sobre la superficie del agua, una corúa rezaba a la luz con las alas abiertas, en lo que parecía ser un rito diario que le exigía la naturaleza. Pensaba que era obstinación del ave mantenerse en esa posición por largo rato, como si esperara una señal del cielo para poder volver a sus quehaceres. Aunque algunos tontos decían que tomaba aquella postura, después de las zambullidas, para secarse las plumas. En esa esquina la flecha de doblar izquierda demoraba una barbaridad y Máximo se impacientaba sin poder evitarlo. Pero era domingo, las tripas le hervían e iba pensando en el revoltillo con papas fritas que se iba a comer.

Vale la pena decir que Hialeah es una ciudad habitada en su mayoría por cubanos de clase media, si es que se les puede llamar así a las mujeres y hombres que inundan todos los días las factorías, donde trabajan desaforadamente por cuatro o cinco dólares la hora. Compran las casas en estas zonas baratas huyendo a los alquileres para caer bajo la trampa de los impuestos. Cuidan y adornan sus hogares con un orgullo desenfrenado, como si fueran panteones en los que van a vivir para siempre. Los caseríos en Hialeah son a veces deprimentes y horribles, las viviendas se construyen unas junto a otras para ahorrar terreno, todas iguales, en fila, uniformadas y del mismo color. Con una de estas casas se conforman muchos cubanos, pensando que logran así la seguridad necesaria en un país a donde llegaron, años atrás, con una muda de ropa. La vida se les va cortando la hierba, regando las plantas ornamentales del jardín y haciendo *barbecue*, sábados y domingos, en los patios estrechos. Envejecen en los cafetines, alardeando orgullosos del sacrificio que les ha costado lo poco que tienen. Se acongojan esperando el día en que acaben de matar a Fidel Castro para que Cuba sea libre y regresar. Miles han muerto sin volver a ver la tierra que los vio nacer y a algunos crecer. Miles se han quedado con las ganas de retirarse en un apartamentico en La Habana Vieja y echar allí los últimos cartuchazos. La meta es morir bajo el cielo que una vez abandonaron y descansar en paz en el Cementerio de Colón. Así pasan la vida esperando respetuosos, unos por otros, otros por todos, todos por uno y las casas se seguirán vendiendo hasta que desaparezcan los *everglades*.

Máximo vivía también en ese mundo, en el mundo del regreso, seguro de que los años de exilio no eran más que un trance, que su vida era Cuba, que su verdadera casa estaba en un reparto en las afuera de La Habana con sus padres dentro y que el regreso era la única salvación, la única manera de volver a reencontrarse. Como decía él mismo: es mejor suicidarse que morirse en este arenal.

Se estacionó frente a la puerta de entrada de la cafetería. Acostumbrado ya a andar en carro se había olvidado del placer de caminar, inconscientemente buscaba siempre la manera de no hacerlo. La cafetería no era nada del otro mundo. Pepín, el dueño, estudió con él en el pre-universitario en Cuba, cuando no pensaban ni remotamente que irían a parar a los Estados Unidos. Por aquellos tiempos siempre estaban encontrados, por lo que no resultaba raro que se enfrascaran por horas en una discusión sin sentido. Se emberrenchinaban con facilidad por cualquier cosa, aunque al final terminaban, como buenos amigos, riéndose de ellos mismos. Pero le gustaba ir a ver a Pepín, sobre todo porque lo atendía una rubia fondillúa que le daba un trato especial. Máximo pensaba que le caía bien, aunque en el fondo no le interesaba en lo más mínimo cuál era el motivo. Aquel cuerpo, algunos rasgos en la cara de la muchacha, le recordaban a Dulce. ¿Qué sería de ella?, se preguntaba de vez en cuando. Pensaba que era feliz al lado de su esposo, rodeada de hijos que le ocupaban todo el tiempo, lo que había provocado que se olvidara de él. Fue en ella en quien primero depositó su cariño, y dio sus primeros pasos en el tarado espacio que brinda el amor. Fue con ella con quien aprendió a dudar y reconoció por primera vez el instinto del desastre. Cuando eran novios y Máximo iba a visitarla dos días a la semana y un domingo sí y otro no, como se le impuso cuando pidió su mano, algunas veces Dulce lo dejaba en el sofá y desde el cuarto, donde no podía verla su vigilante madre, le enseñaba las tetas o levantándose la saya le brindaba las nalgas, tras un blúmer, casi siempre roto. Máximo, mientras tanto, se sobaba hasta el orgasmo por encima del pantalón. Luego ella para disimular se aparecía, como si viniera de la cocina, con un huevo crudo en una taza y se lo comía, a su lado, sonriendo maliciosa. Una vez le confesó que su abuelo, un viejo balbuceante, cuando se quedaba en su casa a dormir la manoseaba durante la noche, pero que no se atrevía a decírselo a su madre. Máximo encolerizó hasta enfermar y como resultado ideó un plan para envenenar al anciano. Pero el viejo al parecer se dio cuenta y precavido se murió antes. Máximo la recordaba de muchas maneras, a veces se veía entre sus muslos, sofocado, aspirando aquel olor que provenía de lo más profundo, que lo emborrachaba, que de una forma chapucera lo hacía retornar.

La cafetería estaba en un centro comercial de los más antiguos de Hialeah. Un cartel mugroso de letras azules con fondo blanco le hacía propaganda al establecimiento. Se podía leer, no sin dificultad:

PEPÍN CAFETERÍA
LA MEJOR TORTILLA DE HIALEAH

La puerta graznó al abrirla. Había frío dentro y se abrochó el último botón de la camisa para protegerse el pecho de la frialdad. No hacía mucho había salido de una bronquitis aguda que lo hizo guardar cama por una semana.

—Buenos días —dijo en voz alta para todos los que estaban allí.

—Buenas —le contestó la rubia fondillúa esparciendo a la vez una sonrisa que dejó al descubierto sus dientes perfilados y blancos.

—¿Y Pepín? —preguntó Máximo sin sonreír.

—Está en la cocina haciendo las tortillas, te lo llamo enseguida.

La muchacha desapareció por la puerta que comunicaba con la cocina y Máximo se puso a mirar los cuadros que colgaban de las paredes. Uno de ellos era una foto inmensa, enmarcada, en la que se veía el morro de La Habana, y una parte del malecón. Las olas crispadas rompiendo contra las rocas, detenidas para siempre en el espacio, sus ripios vistiendo los arrecifes milenarios. Era evidente que la vista se había tomado uno de esos días en que el mar habanero bate airadamente. Una vista antiquísima de la catedral de La Habana colgaba sobre la máquina de hacer café. En otra foto a todo color del parque Maceo se distinguía claramente el monumento a aquel hombre aguerrido y recio, haciendo aún relinchar su caballo, por encima de todos los cubanos.

Máximo se imaginaba las muchas veces que recorrió esos lugares que apreciaba y admiraba, más ahora que no estaban a su alcance. Su juventud había transcurrido entre ellos y formaban parte de sus recuerdos como todo lo demás. Besos, abrazos, sueños, sudor frío, había dejado bajo la sombra impasible de aquellos monumentos históricos.

Pepín lo sacó de su éxtasis con su voz chillona.

—Al fin apareció el patriota —y lo abrazó golpeándolo cariñosamente unas cuantas veces en la espalda.

Máximo sintió como el mostrador se le clavaba en el estómago lastimándolo, pero no se atrevió a interrumpir aquel saludo afectuoso. Era un hombre mucho más corpulento que él, con unos músculos y una fuerza natural que vibraban en su piel. Lo asfixió por unos segundos el olor repugnante que llevaba impregnado, a huevos y a ese jamón dulce que tanto fascina a los americanos, pero eso sí no pudo dejar de reprochárselo.

—Hueles rancio, como un tanque de basura donde se pudren dos sacos de papas.

—Eso es olor a hombre. ¿Un olor envidiable, eh?

—Sí, olor a hombre, pero apestoso... Mira, dame un café y deja tu frustración para otro momento.

Fingiendo cierta duda, Pepín se irguió apoyando las manos sobre el mostrador y salió zarandeándose hacía la cafetera a preparar café para su amigo. Como se trataba de alguien que estimaba, esterilizó las tasas con vapor de agua. El café era el símbolo de Hialeah y para los cubanos, hiperbólicos sin mesura, es allí donde mejor se hace. En el fondo todo no es más que un mito que conserva la nostalgia, en muchos lugares lo que venden es agua de jeringa. Lo importante está en la acción, en saber que se puede compartir con alguien tres minutos agradables saboreando una taza de café y un cigarro. Aquellos mostradores, en el fondo, tenían su encanto; guerras, litigios políticos, se habían librado en ellos. Hialeah era la única ciudad del mundo, en que tomando un poco de café, cualquier desconocido es capaz de contar la historia de su vida. El verdadero café cubano es otra cosa, un colador de tetera, un olor, un sillón, el fresco en el portal, la vecina preguntando desde el patio de al lado: ¿Fefa, estás colando? Dame un buchito. Es el amanecer, un vicio, la familia esperando ansiosa. Máximo y su amigo lo sabían y se aferraban a las costumbres, tomar un poco de café juntos consolidaba su amistad, ambos sabían que la primera muestra de hospitalidad de un cubano es brindar una taza de café.

Como de costumbre Máximo desayunó revoltillo con papas fritas y un batido de trigo. Su amigo fue a la cocina a preparar las inmensas tortillas, según él, españolas. Para elaborar una sola se necesitaban alrededor de veinte huevos, tres o cuatro papas, jamón, chorizo y bastante cebolla. Todo aquello se mezclaba y se ponía a la candela como una tortilla cualquiera, en un sartén tan grande que podía asarse en él fácilmente una pierna de puerco. Pepín las cocinaba pacientemente para que no se quemaran. Muchos clientes iban allí a comerse un pedazo de tortilla con pan a la hora del almuerzo y aunque no se parecían en nada a las tortillas españolas, en exquisitez, no tenían nada que envidiarles.

—¿Quién te ve vendiendo estas tortillas en la calle Neptuno allá en La Habana? —le decía Máximo a su amigo de vez en cuando para mortificarlo.

—Tú sabes bien que eso no va a ocurrir, mi Habana, mi calle Neptuno están aquí conmigo, las monté en el bote en que me largué. Aquella le pertenece a los que resisten y viven en ella —le respondía con aspereza su amigo.

Pepín era un hombre muy resentido, pero de sentimientos rotundos. Guardaba en su memoria los mejores momentos que había vivido en la isla. Como a muchos cubanos el comunismo le cambió la vida. En los años 60 luchó en contra del gobierno establecido por Fidel Castro, pero el final fue salir huyendo con su esposa Carmen en un bote maltrecho. Ella murió achicharrada por el sol en el trayecto. No se había vuelto a casar, guardaba el cariño y un respeto notable por aquella mujer que murió en sus brazos en la travesía. Muy pocas veces hablaba de su vida, le gustaba estar solo. Iba algunas noches a las piedras de Haulover Beach y compartía con el mar su estado de ánimo. Creía que algún día en el aire salobre, en alguna ola, llegaría un mensaje de su mujer, que en la imagen que guardaba, seguía hundiéndose suavemente en la frialdad del océano. No podía olvidar aquel momento en que se separó de ella. Diez días llevaban a la deriva, después que el pequeño motor no quiso funcionar más. Completamente deshidratados y sin nada para cubrirse del sol, los dos supuraban por los ojos y la boca de tremendas llagas que apenas les dejaban mover los labios. No les había quedado otro remedio que tomar agua salada y las alucinaciones rondaban alrededor del bote como los mismos tiburones al atardecer. Pepín nunca se pudo explicar por qué siempre llegaban a la misma hora, muchas veces trató de matar uno con un pedazo de cuchillo que llevaba consigo, pero desistió cuando por poco en un intento va a parar al mar. Les pareció ver tierra, grandes árboles por entre los que sobresalían edificios. De noche oían conversaciones y hablaban de sus calamidades con personas que aparecían en el bote. Varias veces comieron peces muertos que pasaron flotando cerca de ellos. El sol poco a poco fue devorando la piel de Carmen. Pepín la cubría con su cuerpo durante horas y el sol le calcinó el cuello que apenas podía enderezar. Así, entre sus brazos, un mediodía, tras el intento de balbucear algo, y un ahogo, terminó de morir. Lloró mientras la besaba en lo que una vez fueron labios. Después la acomodó suavemente sobre la superficie del agua, como en una cama, y dejó que escapara de sus manos. Se hundió con los brazos abiertos, dice él que mirándolo, hasta que el color turbio del mar se fue tragando su imagen. Él nunca supo cómo llegó a los Estados Unidos, un barco americano de recreo lo encontró en el bote moribundo. Los mismos médicos que lo asistieron, después de dos días, cuando recobró el conocimiento, no lo podían creer. A veces una tarde lluviosa o el sol desenfrenado del mediodía lo hacían recordar aquel angustioso momento. De noche las pesadillas lo retorcían en la cama. Su tenso pasado lo visitaba y revivía los pasajes más infortunados. Volvía a ver la imagen de su mujer desapareciendo en las aguas del océano. Veía como los seguidores de Fidel Castro cogían a sus amigos de lucha y como tortura para que delataran a sus compañeros, los montaban en un carro y minutos después, a toda velocidad, abrían la puerta y les ponían la cabeza a unos centímetros de la calle. Si se resistían a hablar, le presionaban la cara contra el pavimento. Despertaba gritando y sobresaltado. Se tildaba de inútil por no poder recuperarse del pasado. No pensaba en volver a la isla, porque temía que las calles que caminó, los árboles que crecieron con él, los quicios donde descansó, los olores inseparables, hubieran desaparecido bajo el estruendo de la vida de otros.

—No te preocupes Pepín, que no falta mucho, para darnos el gusto de comernos un lechoncito asado en la playa de Santa María —le decía Máximo sin percatarse de cómo lo hería cuando lo mortificaba de esa manera.

Varios clientes ocuparon el mostrador dispuestos a desayunar. Otros como relámpagos pedían una colada de café cubano y desaparecían. La fondillúa se movía veloz de un lugar a otro con una sonrisa fija en el rostro, tratando de ser cortés con todos. Máximo la miraba de reojo cada vez que se inclinaba, para ver como las nalgas se empinaban luchando contra la presión de los estrechos pantalones. Le gustaban mucho más las mujeres en sayas, el cuerpo conserva su forma y por las características de las piernas que quedan al descubierto, es mucho más fácil imaginarse el tipo de mole que sostienen.

La muchacha se acercó a Máximo que se limpiaba la boca con una servilleta y le preguntó si deseaba algo más.

—Un poco de agua y otro café. Y si puedes dile a Pepín que me voy.

Siempre sonriendo, la fondillúa se fue a darle el recado a su jefe. Este apareció enseguida excusándose ante su amigo.

—Disculpa que no te haya podido atender como te mereces pero estoy bien atareado en la cocina. Por qué no vienes una tarde de estas con más tiempo, cuando ya vaya a cerrar, así podemos conversar tranquilos y de paso nos tomamos una cerveza juntos.

—Vamos a ver, en estos días estoy bien ocupado en la oficina. Mi secretaria está con licencia de maternidad y todo el trabajo me lo tengo que zumbar yo solo.

—Si se quiere se puede, el tiempo se hace. No me vengas con ese cuento, patriota.

La manera en que su amigo se burlaba de él llamándolo patriota lo hizo sonreír pero no le dijo nada como otras veces, se limitó a darle un apretón de manos. Dejó dos dólares de propina sobre el mostrador para la rubia complaciente y se largó, pensando en que debió haber rebatido a su amigo por llamarlo patriota aunque allí mismo se formara la discusión. Él iba a seguir añorando la isla aunque su amigo se lo reprochara. Pepín tiempo atrás le refrescó la memoria y él lo tomó como un insulto. Le preguntó si en su añoranza no estaba presente todo el atropello y la humillación a que fue sometido en Cuba, que si había olvidado cómo fue obligado a ir al ejército, donde tuvo que hacerse el loco, para no perder los tres mejores años de su juventud, que si había olvidado el mitin de repudio con que lo obsequiaron cuando manifestó que quería irse del país, cuando le apedrearon la casa, le gritaron gusano y le advirtieron que la libertad era la Revolución. Le recordó cuando decía que para sobrevivir en la isla había que convertirse en cómplice. Le recordó los registros en cualquier esquina por sólo llevar una jaba en la mano, las colas en las pizzería, para que se fuera la luz en el instante de sentarse a una mesa. Le recordó los apagones de cuatro y cinco horas, donde tenía que salir al portal para no morir asfixiado por el humo tóxico de las chismosas. Le recordó los vómitos en las guaguas repletas, las inundaciones en las calles después de un torrencial aguacero, los basureros abarrotados, las alcantarillas desbordadas y las aguas albañales recorriendo sin contemplaciones las principales avenidas. Le recordó las playas destinadas sólo a los militares. Le recordó sus propios gritos, a todo pecho, de que prefería morirse que vivir en esa isla. Máximo reconocía que su amigo en parte tenía razón. La prueba eran sus sueños donde se veía envuelto de nuevo en aquellos suplicios, sueños borrosos donde se desgañitaba gritando, donde vivía la agitación de aquellos días en que sólo pensaba en huir y se volvía a ver turbado, sobre un arrecife, buscando la manera de largarse. Pero él añoraba los días felices junto a los suyos, no el horror.

Ya en su auto miró al cielo. Por el oeste comenzaba a levantarse una tempestad. El estómago le ardió de pronto sin saber por qué. En un rato iba a estar lloviendo a cántaros, esas tormentas que vienen del oeste casi siempre terminan bañando Hialeah. En fracciones de segundo se deprimió, la lluvia siempre lograba trastornarlo, la terquedad del viento húmedo lo comprimía, como si las células de su cuerpo se contrajeran. La nostalgia lo volvió a agotar. Prácticamente se consumió en el asiento antes de verse aparecer tirado sobre la cama de su madre. Desde allí miraba desplomarse un aguacero por la ventana abierta. De vez en cuando un relámpago disparaba las sombras en todas direcciones por las paredes y el techo. Las gotas todo lo golpeaban a la vez, produciendo un ruido seco, ensordecedor. Sintió como los olores almacenados lo revitalizaban, como todo el misterio de la supervivencia que venía oculto en la tempestad enlazaba su vida y lo hacían flotar en sí mismo. Volvió a pisotear el fango del trillo que atravesaba la Loma del Dudo, mientras el agua fresca lo ensopaba y las gotas que le corrían por el rostro le producían un cosquilleo grato. Volvió a chapotear sobre el agua que se acumulaba en la hierba que crecía en la explanada donde jugaba pelota. Gozó el alboroto de los pájaros que atontados ofrecían un blanco perfecto y se lamentaba de no haber llevado el tirapiedras. Oyó el murmullo de los pinos que se frotaban unos con otros como si se masturbaran. Volvió a refrescar su cuerpo bajo la sombra de la mata de mangas blancas y el olor a cáscaras maduras lo traspasó. No podía explicarse por qué aquel vendaval de recuerdos lo asaltaba. Algo en su constitución genética lo traicionaba. Un cambio de tiempo, un olor que de pronto percibía, contemplar una foto del lugar donde había nacido, lo hacían un guiñapo.

El carro cancaneó por unos segundos cuando lo apagó. Pensó que podía ser la gasolina que no era de muy buena calidad. Mientras buscaba la llave para abrir la puerta miró las paredes. Ya le hacía falta una mano de pintura a la casa. Por el oeste la turbonada se seguía acercando.

VI

Esa primera impresión al poner los pies sobre las losas frías la hacía contraerse. Se desnudó y colocó las ropas en la butaca que tenía en el baño, donde muchas veces se acomodaba a cortarse las uñas. Estaba de espaldas a la puerta. Sobre el tosco muro de ladrillos que formaba la bañadera se escudriñaba entre los dedos de los pies. Sentirse desnuda, en ocasiones, la enfrentaba a unos deseos tremendos de estar con un hombre, pero no era capaz de demostrar a ninguno que lo deseaba. Cuántas veces no había añorado que alguien apareciera a su lado, unas manos que no fueran las de ella, que proporcionaran otro calor, otro deseo que excitara los suyos, unas manos que su piel no reconociera. Su inexpresividad y su cobardía la hacían consolarse a sí misma y vivir retraída. Su tía que conocía su soledad y del cariño que necesitaba, en sus esporádicas visitas se sentaba a su lado, le acomodaba la cabeza en su hombro y le besaba la frente. Ella, sin embargo, veía pegajosa la actitud de su tía y de alguna manera siempre la evadía.

Dulce era incapaz de imaginarse que aquella posición tan desfachatada, podía desorbitar a cualquier hombre. Sus pechos colgaban ostentosos, listos para acomodarse en una boca. Pero el toque de despilfarro erótico de aquel instante estaba en sus nalgas, en lo hermosamente aglutinadas que se encontraban bajo el peso de su cuerpo. Sus caderas se esparcían hacia los lados excitando un lunar que lucía en el muslo, donde ya la sangre parecía incontenible. Tenía el pelo recogido con un pañuelo de cabeza casi transparente y su cuello largo al descubierto daba cierto vigor a su desaliñada desnudez.

Dejó de trastearse lo pies y metió los dedos en el cubo para comprobar si el agua estaba lo suficientemente agradable. Los cambios repentinos de temperatura le producían una coriza insoportable, de la que a veces no podía librarse en todo el día. Se cuidaba mucho. Era imposible encontrar medicinas cuando caía bajo esos contagios, ya había ido al hospital en los momentos de extrema locura y el médico le recetaba aspirina que era lo único que se podía encontrar en una farmacia.

Estaba ansiosa, con su mirada fija en la pared mientras esperaba que el agua en el cubo se enfriara un poco, y como si volviera a la normalidad pensó con preocupación si la puerta se encontraba cerrada con pestillo. Ella misma lo había pasado cuando Zoila se fue, pero la sensación de que alguien pudiera entrar y verla desnuda la deprimía. Se volvió hacia la puerta, por un instante se mantuvo atenta tratando de percibir algún sonido raro, luego recorrió con la mirada el baño poco iluminado como si formara parte de algo extraño en lo que la habían sumido en contra de su voluntad. Miró con roña las puntillas que sobresalían de las tablas enmohecidas que clausuraban la ventana. Tuvo la intención de levantarse y mirar por una de las hendijas por donde se filtraba la luz entre las tablas mal acopladas, pero se tranquilizó cuando dedujo que no había forma de que nadie pudiera mirarla desde esa ventana, no había acceso a ella a no ser que subieran por una escalera, y eso era tan difícil como llegar volando. Frotó con disgusto sus piernas donde los pelos crecían desaforadamente. La única cuchilla que tenía ya no daba más, la última vez que la usó terminó con los muslos tasajeados. Fue entonces que decidió ponerse pantalones hasta que pudiera conseguir una cuchilla nueva. Soñaba con una máquina de afeitar eléctrica expresamente diseñada para el uso de la mujer. Alguna vez oyó decir que existían. Pero eso no era lo único que la irritaba. El bombillo se había fundido y no encontraba repuesto. El inodoro estaba roto y no descargaba si no le echaba un cubo de agua, odiaba aquel tanque atravesado en el medio ocupando el poco espacio, sólo porque era imposible encontrar piezas para arreglar la válvula de entrada que se había dañado. La pila del lavamanos tenía la zapatilla rota y como normalmente ponían el agua de madrugada, el gotear incesante no la dejaba dormir, aunque para evitar molestias se acostumbró a envolverla con un trapo antes de acostarse y así amortiguar un poco aquel sonido lastimoso. Los azulejos que forraban las paredes de la bañadera se iban cayendo y estaban amontonados tras la puerta, de ninguna manera se conseguía cemento para colocarlos de nuevo, y los pocos que quedaban aferrados estaban renegridos. Con cloro dejo este baño nuevo, pensó con furia. Cogió en sus manos la toalla empercudida y tras una mirada de compasión la colocó otra vez en su sitio, necesitaba alcohol de inmediato y detergente para ponerla a hervir por unas horas junto a otras ropas blancas que ya no daban más.

Se arrodilló y con una lata oxidada de leche condensada empezó a echarse agua. Para humedecer su cuerpo usaba exactamente cuatro latas, si se excedía no le alcanzaba luego para enjuagarse y mucho menos cuando se lavaba la cabeza, cosa que hacía por lo regular una vez a la semana. Levantaba los brazos y a partir del cuello dejaba caer el agua. Sus poros se abrían y donde segundos antes se encontraba acalorada, una sensación de placer la recorría en forma de brisa, como si le soplara por la espalda una boca invisible, entonces sentía una comezón en su cuerpo que le ponía la carne de gallina. Con un estropajo hecho de un pedazo de soga empezó a restregarse, la astilla de jabón que le quedaba era tan pequeña que le costó trabajo lograr la espuma. Cerró los ojos al enjabonarse la cara para evitar esa ardentía que la hacía llorar. Cuando estuvo completamente enjabonada se enjuagó cuidadosamente evitando que el residuo de espuma la penetrara, para lo que tomó una posición exquisita, no quería padecer la irritación que le provocaba aquel jabón de mala muerte, como lo llamaba Zoila.

Cuando comenzaba a secarse un tufo proveniente de alguna tubería de desagüe la caló hasta los pulmones. Miró dubitativa el tragante de la bañadera mientras olfateaba la toalla creyendo que provenía de ella.

Se sorprendió al salir del baño y ver que estaba lloviendo, se acomodó la toalla por encima y se apresuró en ir a cerrar la ventana, las tetas le brincaron y una molestia, a la que no podía llamarse dolor, se le escurrió por debajo del brazo. El agua había salpicado las losas y encharcado el marco de la ventana. Evitando resbalar y caerse caminó en puntillas hasta la cama, se tiró boca abajo y cerró los ojos. Incómodamente trató de cubrirse con la toalla, pero ésta era tan corta que no pudo evitar que las nalgas quedaran al descubierto, empinándose abombadas como si esperaran un ataque por sorpresa. La atmósfera en el trópico se revuelve en un dos por tres, por eso dentro de aquellas cuatro paredes, sorprendían tantos los aguaceros a Dulce. Aquel saludo que le daba la lluvia al entrar por la ventana parecía ineludible. A veces se confundía cuando la luz rechinaba en los zines que cubrían las azoteas, en la calle el sol achicharraba sin compasión, y de improviso la risotada de un aguacero entraba al cuarto. Cuando se sentía aislada en su cueva, desde la ventana miraba al cielo buscando el sol entre los apilonados edificios y los legendarios cables eléctricos que ondeaban de un poste a otro. Toda su vida dentro de aquellas cuatro paredes que ni siquiera había podido pintar de azul. Nada la entristecía más que la lluvia, la miseria parecía esparcirse y ahogar la ciudad. Era entonces que la oprimía el miedo a la muerte, no quería morir entre tan poco, sin ninguna de las tantas cosas que añoraba, sin poder haberle dicho nunca a nadie lo que pensaba, lo que deseaba, gritar que quería morir después de haber vivido. La relación que guardaba la lluvia con el tiempo, con el movimiento, con las vibraciones, aquel derrame humedeciéndolo todo, también la tocaba. Algo misterioso la atraía y esa pesadez de la muerte que se filtraba por todos los agujeros del cuarto la comprimía, la hincaba hasta hacerla rabiar. La lluvia la arrinconaba en sus recuerdos, quería vivir y la idea de no poder hacerlo, de mantenerse inmóvil ante la represión del gobierno la humillaba. Se afligía al rozar la muerte y comprender que podía quedar fulminada en cualquier instante, con nada había que cargar para el salto, ese mismo tintineo de la lluvia en la ventana, o el deprimente chapotear de los carros al cruzar la avenida podían servir de trasfondo, como trasportación. No era el hecho de desaparecer en sí, a veces pensaba en la muerte con placer, era más bien la frustración de no haber escapado de Cuba, la repulsa de su cuerpo al aburrimiento, los deseos que bullían en su interior mortificándola por vivir en paz. La palabra huir había sustituido a salvar y poblaba la mente de los cubanos como un virus, poder huir significaba librarse de las retorcidas frustraciones. La isla envejecía, sus hijos ya no querían soñar, sus hijos huían al reto mientras la ciudad se deshilachaba hasta llegar a tierra como las ramas de sus árboles en los parques, sus hijos no sentían cómo dejaba de respirar.

Tal vez la forma en que se oscureció el cuarto de repente, la hizo acordarse de la vez que fue a la funeraria con Máximo porque uno de sus amigos había muerto de cirrosis hepática. Según los médicos el alcohol lo mató, acostumbraba a tomarse una botella de aguardiente diaria. Le pidió a sus amigos que el día que se muriera fueran todos a tomarse unos tragos en su honor. El día del velorio se reunieron los más allegados en La Zorra y el Cuervo a beber mientras gozaban contando las travesuras y las hazañas más relevantes de su amigo, que en un noventa por ciento tenían que ver con borracheras. Ese día Dulce, no acostumbrada a celebrar la muerte de nadie, se mantuvo callada y conservadora mientras saboreaba una cerveza que le compró Máximo a pesar de su oposición.

—Si viniste tienes que cumplir con el deseo del muerto, si no se te aparece por las noches a pellizcarte los pies —le dijo Máximo entonado.

Oía el golpear persistente de las gotas en la ventana, algunas lograban escabullirse por las persianas que no cerraban del todo. Ya el agua que se filtraba por las rajaduras que tenía la pared comenzaba a ensoparla por dentro y el olor a humedad se fue acercando a Dulce con cautela.

El aguacero había llegado a desanimarla, mataba los pocos deseos que tenía de hacer algo. Una pequeña salida se convertía en un conflicto, el agua arruinaba aún más la ciudad. Las calles se inundaban, las alcantarillas se desbordaban y las aguas albañales recorrían las avenidas como ríos. Los pocos autos que transitaban bañaban con aquella mezcla repugnante y viscosa a los transeúntes distraídos. Los famosos portales de La Habana por donde antes se caminaba seguro ahora eran intransitables. La mayoría estaban apuntalados y el agua entraba a borbotones. Una ciudad demolida más que por el tiempo por la indolencia de los que gobernaban. Los sorprendidos por la lluvia en plena calle corrían indecisos de un lugar a otro buscando refugio y se apiñaban en los portales que se mantenían ilesos. Las miradas secas bajo el pelo chorreando. La lluvia que a veces llegaba como consuelo, se recibía con rencor, como una descarga sofocante. El reflejo de la ciudad estaba allí, en los pies encharcados por el agua que se filtraba por los zapatos rotos, en el olor que se levantaba y que como bruma cubría los cuerpos borrosos.

Uno de los desagües del techo estaba roto. Dulce oía el golpear del chorro sobre la marquesina de la ventana, que esperaba que de un momento a otro se desplomara. Cuando niña muchas veces se bañó en un chorro similar en el jardín de casa de su tía, donde después que escampaba, seguía cayendo por un rato. Sentía el golpe del agua en su cabeza mientras brincaba lanzando risotadas, ante la cara satisfecha de su tía que disfrutaba mirándola desde el portal con una toalla en la mano. Las dos ignoraban que la salamandra, que al anochecer salía a cazar bichos, las miraba curiosa desde su refugio en el techo. Dulce no padecía de coriza en esos tiempos y nada le agradaba más que aquel contacto con la tierra, con el fango que le cubría los pies al chapotear y que le producía un placer inefable. La lluvia había estado en su infancia, la había perseguido siempre, había estado allí en la playa con Máximo y ella mientras retozaban en la poceta de la islita, porque él trataba de arrancarle un pendejo bajo el agua, con el fin de guardarlo en la cartera y acordarse de ella cada vez que lo viera. Se fueron al anochecer achicharrados y doloridos como si las olas los hubieran pateado, y montaron la montaña rusa y las sillas voladoras en el parque de diversiones que aún funcionaba. De regreso se quedó dormida en su hombro bajo el fresco rico que entraba por la ventanilla de la guagua.

Dulce se alegró de que el aguacero no la sorprendiera en la calle, una vez más había sobrevivido a las calamidades inevitables. Poder estar sola era el mayor desafío a lo que la rodeaba, la idea de huir la taladraba excitándola. Largándose todo se resolvería sin muchos dolores de cabeza, ahí al doblar de la esquina, como quien dice, estaba el final de todas aquellas tragedias estúpidas. Conseguir arroz dejaría de ser un milagro. Todo lo inútil, como Dios manda, estaría al alcance de su mano. Aquel tormentoso sueño de querer saber cómo se puede comprar sin una libreta de abastecimiento desaparecería. Nada la iba a parar, huir por sobre todo, cuando escampara iba a ir a casa de la madre de Máximo a pedirle que le diera su dirección en Miami. Él podía ayudarla, algo podía hacer sin buscarse ningún problema con su familia.

Tenía la boca entreabierta y por la comisura de los labios la saliva que escapaba empapó la funda. La expresión de sus ojos era indefinible, estaban abiertos pero su mirada parecía bloqueada a unos centímetros de su cara. La garganta le ardía y de respirar con la boca abierta el paladar comenzaba a resecársele.

—Tengo ganas de tomarme un batido con bastante hielo pero dónde voy a conseguir el hielo y algún plátano maduro..., un durofrío de limón, algo frío que me mate esta sed —dijo Dulce sin poder definir si pensaba o hablaba en voz baja. Se arrascaba el borde del ombligo intensamente. No sabía por qué la atacaba esa picazón, en el mismo lugar, después de darse un baño.

Se despertó hambrienta pero estaba decidida a no ir a buscar su cuota de pan, alguien a las seis de la tarde, cuando lo vendieran por la libre, iba a ser feliz gracias a su decisión si lograba alcanzar un poco de ripio después de una infatigable espera. Vivir para hacer colas para la manteca y los escurridizos boniatos era muy poco, no figuraba entre sus legítimas aspiraciones. Contempló con delicadeza el techo descascarado, como si con su mirada quisiera decirle: no te preocupes te voy a salvar. Le dio la impresión que cada día se le acercaba más. Miró a uno de los vértices y sonrió levemente contemplando a las arañas, con las que compartía el aburrimiento. Desde allí las veía devorando un insecto o esperando pacientemente a que uno cayera en la trampa. Otras veces las encontraba patisecas, sobre las losas, cuando barría. Una vez quiso saber qué tiempo vivían y se entretuvo en contar los días de una que creyó recién nacida, pero a pesar de su paciencia y dedicación jamás pudo precisarlo. De pronto desaparecían misteriosamente o si no las confundía con otras que llegaban, como pensaba ella, de visita del cuarto vecino. Cuando las moscas usurpaban la cocina huyendo de los basureros espantadas por el calor o el mal tiempo, Dulce las cazaba con un periódico o con el abanico y luego las tiraba medio vivas en las telarañas. La araña, que parecía muerta, al sentir que algo había caído en su trampa ágilmente se desplazaba por el tejido y satisfecha remataba a la mosca. Era entonces cuando sentía remordimiento y se decía que ésa era la última vez que mataba una mosca para echársela a las arañas, pero al poco tiempo, cuando alguna volvía a zumbar a su alrededor la sacrificaba de la misma manera.

El aguacero fue estruendoso pero rápido. El golpear del chorro sobre la marquesina de la ventana ya no se oía, pero el agua seguía corriendo por la pared y aunque Dulce no podía verla, sabía lo que estaba ocurriendo, esa humedad era la que tenía podrido todo el marco de la ventana. El calor se había intensificado dentro del cuarto y se sentó en la cama, sacó su abanico de cartón de abajo de la almohada y se echó aire en toda la cabeza levantándose el pelo con una mano, todo el cráneo lo tenía sudado. Sentía deseos de darse otro baño. Batía el cartón con fuerzas y el fresco la hizo sentirse mejor. Se abanicó la nuca echando toda la cabeza hacia delante y el pelo cayó como una cortina alrededor de su cara. Añoró por un momento tener un ventilador y recordó el aire acondicionado de la tienda Flogar a la que entraba siempre que pasaba por allí y las puertas no estaban abiertas de par en par, lo que quería decir que el aire acondicionado estaba funcionando. Pero el frío lo relacionaba siempre con un abanico que usaba su abuela decorado con un paisaje nevado en plena navidad. La recordaba sentada en el sofá abanicándose a intervalos maniáticamente. Decía dos palabras y soltaba un abanicazo sobre su cara, no importaba que no hiciera calor, era una necesidad de provocar aire. Cuando su abuela le daba una oportunidad cogía el abanico y se introducía en aquel paisaje, escalaba las montañas nevadas que se empinaban misteriosas tras una casa donde un niño jugaba en una hamaca sobre la nieve, bajo un árbol rarísimo. Ella trataba de que el niño arropado en un abrigo de piel y con una gorra que cubría sus orejas no la viera. No podía entender aquel paisaje, prefería el calor, el verde de su ciudad, donde el invierno era dos o tres días de chubascos bajo un cielo encapotado de nubes muy bajas. Donde las calles al anochecer quedaban desiertas, los árboles afuera se doblegaban y se sacaban las colchas del escaparate. Pero aquel paisaje dejó secretamente en su vida el deseo de viajar, de conocer lugares imprevistos, de olfatear olores desconocidos, de vivir un día el enfurecimiento del otoño donde existieran las cuatro estaciones, el bochornoso deseo de conocer la nieve, de que un día cubriera todo a su alrededor y el frío la calara hasta los huesos.

La humedad era densa. Sentía su peso sobre la cara, se secó la saliva que le había quedado en el mentón y luego bordeó suavemente sus pezones con la toalla como si quisiera quitarles la mancha que los engrandecía, pero lo que logró fue que reaccionaran empinándose como dos teteras. Ella reaccionó también a las tripas que tronaban en su interior y se levantó con deseos de comer algo dulce. Su estómago emitía un sonido que a veces la asustaba, un ruido similar al que produce un globo inflado cuando se le deja escapar el aire. En realidad su vientre estaba lleno de aire también y el que se escabullía de una tripa a la otra provocaba aquel rugido. Se levantó y se vistió con el propósito de abrir la ventana a ver si corría un poco el aire. Los pantalones le apretaban y se los encasquetó con disgusto. Jamás se los ponía cuando tenía la regla porque el paño que usaba como protección le levantaba un tremendo bulto entre las piernas y no era de su agrado como algunos hombres, al pasar por su lado, se desorbitaban. Los pantalones le quedaban justos, moldeaban su cuerpo bien formado y sus nalgas lucían maravillosamente, eran de ésas que comienzan en la cintura y van en proporción con las caderas dándole más intensidad y rigidez. Las mujeres que ostentan nalgas voluminosas y caídas pierden fuerza al desnudarse, la espalda interminable las desluce. Halándose los pantalones por la rodilla para acomodarlos llegó hasta la ventana y la abrió, no entró ni una gota de aire, pero sí vio allí el agua ensopando el marco para acabar de podrirlo. El sol daba sobre la pared húmeda del edificio vecino y una anciana sacudía un trozo de tela desde el balcón apuntalado, mientras los gorriones revoloteaban sobre su cabeza internándose en los aleros o se entretenían, sobre las tejas aún húmedas de la azotea, en picotearse las plumas en busca de piojillos. Dulce se quitó de la ventana antes de que la mujer la viera y se pusiera a conversar con ella a gritos. Fue a la cocina y después de tomar un poco de agua fresca del cubo, en el mismo jarro, se sirvió del café aguado que había hecho para su tía. Lo espesó con tres cucharadas de azúcar y se sentó en el borde de la cama a disfrutarlo. Miró el patiñero sobre las losas, pero estaba decidida a no secarlo. Saboreaba el azúcar pasando la lengua lentamente sobre la cuchara cuando se dijo a sí misma:

—Voy a tener que ir a un brujero a ver si me ayuda a salir de esta miseria, o me tendré que dar un despojo con escoba amarga, como hacen las gentes por ahí, para que se me ilumine el camino.

Las hormigas en escuadras rondaban la meseta. Se amontonaban sobre los granos de azúcar, pero Dulce no se dio cuenta cuando fue y puso el jarro entre ellas aplastando algunas. Entró al baño, se recogió el pelo y se amarró un pañuelo en la cabeza. Ya estaba decidida a ir a casa de la madre de Máximo y fue a cerrar la ventana intensificando a su paso el patiñero sobre las losas. Tuvo que halar con fuerza una de las hojas porque el agua había hinchado la madera. Por un instante miró el cielo raramente empedrado, las nubes, muy alto, se habían repartido en el espacio en pequeños trozos formando un techo adoquinado sobre la ciudad. Sin embargo en la calle, sobre la superficie apacible de los charcos, el reflejo de las nubes era deprimente.

VII

Se quitó la camisa en la sala. El aire fresco de la casa, que envolvió su cuerpo sudado, lo hizo contraerse. La cesta de la ropa sucia estaba repleta y colocó la camisa encima de la lavadora. El ruido chillón de la secadora retumbaba en la cocina. La casa le gustaba en silencio, era su refugio, el lugar de reposo, donde se mantenía aislado de la estruendosa y aniquilante ciudad.

Máximo sintió alivio cuando cesó el ruido de la secadora. Su mujer salió del cuarto donde acababa de tender la cama. Apresuradamente sacó las ropas secas del humeante compartimento y puso a secar otras que esperaban dentro de la lavadora. La tranquilidad se espantó cuando el ruido volvió a resonar. Cely mientras preparaba otro bulto de camisas para ponerlas a lavar, le dijo a su marido:

—¡Vaya, apareciste!... Tu hermano Berto te llamó y como siempre no estabas. Te levantas, te largas y no dices a dónde vas... ¿Qué te piensas, que estás soltero todavía?... Seguro que fuiste a desayunar y no te acordaste que nosotros existíamos... ni siquiera trajiste una libra de pan caliente que tú sabes que al niño y a mí nos encanta con café con leche.

—Cely —así llamaba Máximo a su mujer, pero su nombre era Celia— por favor deja la perreta, fui a ver a Pepín a la cafetería... te manda saludos. Estaban durmiendo y no quise despertarlos.

Mario hecho un guiñapo frente al televisor se entretenía con su juego de video. Ni siquiera miró a su padre cuando pasó junto a él y le alborotó el pelo. Estaba ensimismado en cómo rescatar a la princesa. Todo el juego consistía en llevar dando brincos a una figurita, dirigida por un control, a través de laberintos interminables. Frecuentemente tenía que enfrentar a bichos estúpidos y dragones patitiesos, que mantenían secuestrada a una princesa en lo más profundo de una fosa. Últimamente este tipo de entretenimiento tenía a los jóvenes traumatizados.

Máximo salió al patio y se quedó mirando el cielo ennegrecido más allá del matorral que se extendía al fondo de su casa. El aguacero se había estancado en el oeste y se desplomaba a lo lejos, entre relámpagos, sobre los *everglades*. El viento agitaba las ramas del galán silvestre que crecía con fuerza pegado a la cerca. Un sinsonte picoteaba con dificultad un racimo de boliches negros en una de sus ramas, el viento lo obligaba a abrir las alas para mantener el equilibrio. Se embelesaba contemplando lo que sucedía a su alrededor y recreándose se mantuvo tranquilo recostado a la pared. Al atardecer muchas veces se ponía a mirar como el sol se enterraba en las azoteas y percibía su movimiento, otras contemplaba su resplandor desplazarse sobre el patio de cemento o sobre la pared de la casa vecina. Sabía que en el verano la luz del sol cubría todo el patio mientras que en el invierno sólo una cuarta parte, era cuando el musgo reaparecía en el cemento y había que limpiarlo con cloro. A veces la brisa atravesaba el patio y se quedaba largo rato a la sombra del alero, mirando como las dispersas nubes se transformaban. Cuando iba de niño a cazar pájaros a la orilla del río La Chorrera o a La Loma del Dudo, siempre revisaba los galanes silvestres porque sabía que allí iban los pájaros, sobre todo los sinsontes, a comer boliches. A muchos les partió la pechuga mientras picoteaban embobecidos y no se daban cuenta de su presencia. Pero ahora mirando aquel noble sinsonte, le pareció injusto y criminal como asesinaba los pájaros, como se los metía moribundos en el bolsillo. El pantalón se le encharcaba de sangre y las plumas ensangrentadas se le quedaban pegadas a los dedos. Una vez le tiró con un remache a una bijirita y la partió en dos, no pudo comérsela, pero eso le sirvió de experiencia. A partir de aquel día, antes de salir de cacería, seleccionaba piedras livianas, para dispararle a esos pájaros tan frágiles. El gorrión era otro que no resistía nada, si le tiraba de muy cerca lo hacía añicos.

No se movió para que el sinsonte no se fuera a espantar. Cely salió al patio buscándolo. Máximo, sin mucho alboroto, le indicó lo que estaba mirando. Su mujer que era amante de todos los animales, se entusiasmó y le cuchicheó al oído.

—Qué bonito ¿eh?

—Cállate, cállate, para que no se espante —le exigió Máximo.

Cely llamó a Mario para que viniera a verlo, pero el niño manoteó y siguió en el rescate de la princesa. El sinsonte de pronto los miró y huyó asustado con el buche lleno de boliches negros. Máximo cuando muchacho usaba el zumo de esos boliches, bien maduros, para hacer tinta y dibujar mapas secretos o como primer ingrediente, para preparar el "veneno mortal" con el que asesinaba a las lagartijas, los sapos y a cuanto bicharraco se encontraba en su camino. Había sido de esos niños muy motivados a matar o ver sufrir a cualquier animal. Era capaz de reventar un sapo dejándole caer un adoquín encima. Luego, sin inmutarse, se regocijaba mirando los mondongos mientras el sapo, con los ojos botados, aún se movía. Pero su acto favorito era crucificar las lagartijas. Empezaba metiéndole una rama seca por el ano y se la zarandeaba dentro, como si se la estuviera templando, hasta que le salía por la boca, luego las enterraba o las clavaba en la tierra para que se fueran cocinando cón el sol. Ya hombre también pensó en los boliches cuando quiso matar a varios familiares y conocidos que le caían mal, incluyendo al abuelo de Dulce que la había jamoneado. Pero aquel boliche era más feo a la vista que maligno, lo más que producía era un insoportable dolor de estómago y algún que otro vómito. Él mismo lo probó una vez en un intento de suicidio.

Se puso a jugar con Aretino mientras le echaba un poco de carne concentrada. El perro no le prestó atención a la comida hasta que Máximo no dejó de acariciarlo y aprovechando la imprevista muestra de cariño con que lo obsequió su amo, le olfateó entre las piernas. Por eso mismo muchas veces Máximo apartándolo, a la vez que le propinaba un manotazo en el hocico, le preguntaba si era maricón.

—Por qué no nos llevas a desayunar y nos llegamos a la Ermita de la Caridad un rato, hace mucho tiempo que no vamos... —le propuso Cely a su marido— y por favor, no alborotes más al perro que últimamente está soltando pelos como un mulo, tiene la casa infectada.

Le daban asco los pelos y Aretino estaba en la época en que se despeluzaba todo.

—No es mala idea, pero primero me doy un baño, he sudado mucho.

—Déjalo para cuando regresemos.

—No, mejor ahora. Vamos, ¿por qué no te refrescas conmigo? Puedes estar segura que después del chapuzón te vas a sentir como nueva —y Máximo se le arrimó y le tocó las nalgas sonriéndole con malicia.

—No. Ya yo me bañé... y por favor deja el manoseo que el niño te va ver.

A Cely siempre le brillaban los ojos. Tenía el pelo largo y muy lacio y de una forma muy curiosa, a partir de los hombros, le caía en mechones sobre la espalda. No era de maquillarse mucho y poseía un rostro natural excepcional. Las tetas inmensas con que cargaba la mantenían un poco encorvada de hombros, pero iban en proporción con su cuerpo corpulento, y aunque sobre lo gordo, bien formado. Cuando estaba desnuda, Máximo le pedía que se empinara hacia delante y sus tetas se agrandaban una barbaridad. No le caían sobre las costillas como melcochas. La piel que las cubría se mantenía tierna y tensa como si sufriera la hinchazón de una picada de avispa o abeja, él mismo en muchas ocasiones le había hecho la observación después de ensalivarlas hasta más no poder.

Era raro que Máximo se bañara tan temprano, pero la intensa humedad que espesaba la atmósfera lo hacía sentirse pegajoso y a la vez incómodo. No obstante el secreto propósito era darse un baño con flores. Primer paso de un despojo poco usual, en dos fases, que le habían recomendado. Todo, con el fin de abrirse camino ante la vida sin dificultad, gozar de buena salud y protegerse del mal de ojo proveniente de los envidiosos que lo rodeaban. La segunda fase consistía en darle la vuelta a la manzana de madrugada completamente desnudo, romper un huevo en cada esquina y resoplar como un buey hasta el ahogo. Pero este último despojo, a pesar de que le dijeron que era el más eficaz, no pensaba llevarlo a cabo por miedo a terminar en la estación de policía o en un sanatorio con camisa de fuerza. Tampoco creía fanáticamente que, después de realizada la ceremonia, se iba a librar de la salación que lo perseguía. Nunca le había dado mucha importancia a esos medios esotéricos, pero no perdía mucho con probar. A su vez no olvidaba los despojos que hacía Rosario la Bruja, con escoba amarga, que levantaban de la cama a un enfermo postrado. Era muy común que las gentes de su barrio, allá en Cuba, se despojaran. Su misma madre abría las ventanas y las puertas y empezaba a espantar los malos espíritu a chuchazo limpio con un mazo de escoba amarga en la mano. Toda la casa se llenaba de florecitas, las mismas donde las abejas se daban banquete en los placeres. Los frágiles tallos se desflecaban contra las paredes y despedían un olor penetrante. Valía la pena probar, qué no podía ser posible, se decía. Hacía días que tenía las margaritas en un búcaro con agua en el tocador. No podía esperar más tiempo porque ya estaban al derrengarse, una de ellas con sus pétalos mustios caía degollada sobre el tallo. No obstante, para su asombro, la mayoría se mantenían saludables.

—Mario, por qué no dejas el jueguito por un rato, te vas a volver loco —le dijo Máximo a su hijo cuando iba en dirección al baño.

El muchacho hipnotizado ante el televisor no se dio por enterado que hablaban con él. Se desbocaba de tal manera con aquel juego que perdía el control de la realidad. Con la mano, sin dejar de mirar el cajón iluminado, tanteó las losas buscando el vaso de refresco que tenía a su lado. Tomó sin respirar soportando el ardor en la garganta. Los ojos se le aguaron y tragó dos o tres veces en seco saboreándose. El placer, insólitamente, de tragar aquel líquido estaba en la irritación que produce el gas concentrado al pasar por el esófago. Una tortura a la que se someten muchos en los Estados Unidos y que los médicos ni nadie quieren acabar de reconocer como un vicio. La propaganda, está dirigida en contra del cigarro que, según ellos, acaba con el sistema respiratorio, pero no en contra de la gaseosa que demuele los riñones o cuando menos los paraliza.

Tan pronto entró al cuarto fue y arregló el cuadro que se mantenía un poco tumbado hacia la derecha. La cortina de la ventana estaba medio abierta y la luz que se filtraba iluminaba las partículas de polvo que flotaban. Se veían retozar contra el espejo que se extendía a todo lo ancho de la cómoda, partículas que Máximo siempre había pensado iban a parar a lo más profundo de sus pulmones. De vez en cuando le irritaban la mucosa provocándole un dolor que no podía ni tocarse el tabique, sobre todo el frontal derecho, donde se le intensificaba con roña. El médico le había diagnosticado alergia y ya no se preocupaba mucho cuando padecía la enfermedad.

Se sentó en la cama y se quitó los zapatos. El colchón gordo y confortable, más la barriga, lo obligaban a encorvarse demasiado para llegar hasta los cordones. Recorrió muchas tiendas hasta que encontró el colchón ideal, según él, para poder conciliar el sueño, aunque dudaba que el problema radicara en lo cómoda que estuviera la cama. A veces estando cubierta de un hermoso edredón, que lo incitaba a dormir, no pegaba un ojo en toda la noche. Las pesadillas tronaban de madrugada en su embeleso y se ahogaban y resucitaban en las sábanas encharcadas de sudor. Su ansiedad no lo dejaba dormir. Una vez los deseos de ver a su madre, en un testarudo sueño, lo llevaron a Cuba. Sobrevoló el estrecho de la Florida y puso rumbo a la isla, el aire fresco le helaba la frente y lo impresionó la forma en que la noche se enterraba en el mar confundiéndolo. Voló sobre los tejados de los suburbios habaneros cuando ya empezaba a amanecer, algunos hombres caminaban encorvados rumbo al trabajo. Entró a su casa atravesando el techo sin sufrir daño alguno, acarició las paredes hasta llegar al cuarto donde su madre sentada en la cama tejía unas medias con hilo de coser azul. La misma cama donde su padre sigiloso, algunas noches, ponía los calzoncillos en la cabecera. Ahora estaba rendido a su lado con la cabeza tapada. Registró infructuosamente el escaparate buscando el álbum de fotos familiar. Jugó un rato con la lata llena hasta el tope de botones de todos los colores y diseños. A su madre le gustaba guardarlos y se los arrancaba a las ropas viejas antes de usarlas como trapos para limpiar. Los había forrados, de hueso, de nácar, de plástico y algunos muy feos de metal. Botones muy raros, fuera de moda, pero que ella conservaba por años como reliquias. Sintió deseos de hablarle, pero se conformó con tocarle el pelo sin que se diera cuenta. Ese contacto fue el que lo hizo regresar de súbito. Despertó confundido, sin poder precisar donde se encontraba. Aún sus manos guardaban el roce de la pared reseca que había tocado. Unos segundos después fue que reconoció la puerta entreabierta del baño de su cuarto, iluminada por la luz opaca de la lamparita de noche que dejaba encendida. La voz tan nítida de su madre, que le pareció oír a su lado, lo hizo sobresaltarse.

—Máximo, por favor, alcánzame la lata de los botones a ver si encuentro uno para tu camisa.

Su estado de ánimo decayó por varios días. Se llenó de sensaciones que lo aferraban a su pasado. Pensó, supersticiosamente, que aquel sueño fue un aviso de que su madre había muerto. No descansó hasta comunicarse con ella por teléfono y convencerse de que no le había pasado nada. Motivos tenía para alarmarse. Vio sufrir a Pepín en Cuba cuando recibió la noticia de que su madre había muerto en New York. Unos días antes había soñado con ella.

Lo más insignificante arruinaba la tranquilidad de Máximo. La forma en que su cuerpo se iba desvencijando lo abochornaba. Ya no podía golpear como cuando era joven, la muñeca le dolía cuando trataba de presionar con fuerza. Al otro día de una pesquería se sentía demolido. La respiración se le agitaba si se atrevía a hacer un poco de ejercicios. Era entonces que recordaba a sus abuelas, aquellos ojos carnosos que lo miraban con compasión desde arriba. Temblaba bajo sus manos, la sensación del roce lo paralizaba, por aquel entonces no sabía, que una caricia no trae paz sino un dolor reprimido que inmuniza, por eso un niño se apacigua ante el terror que manifiesta una caricia. Algo que quiso y que creyó tendría para siempre ya no era más que imágenes, por eso pensaba que la infancia era una traición, que haber llegado a ser un hombre era un castigo, un disparate de la creación. Ahora tenía que defenderse solo, tenía que luchar por salvarse y salvar a los suyos hasta convertirse en un hollejo. Que lo vieran cagarse en una cama, que lo oyeran balbucear boberías y lo trataran como un estorbo. Veía su futuro en la desalentadora imagen que guardaba de su tío Florencio cuando estaba enfermo. La fiebre lo hacía delirar y se pasaba horas repitiendo lo mismo con voz carrasposa.

—Cordura, cordura, mucha cordura.

Reconocía que lo mejor era escapar, pero el miedo aún frenaba sus impulsos cuando pensaba en suicidarse. Él no podía reconocerlo, todavía sentía temor ante la muerte. La poca confianza en lo imprevisto, el goce, las sensaciones y el cariño, contenían sus impulsos. Por eso la realidad lograba consolarlo y continuaba aferrándose a la vida.

Máximo miraba las flores que se retorcían en el búcaro, cuando Cely lo distrajo.

—¿Qué te pasa? pareces un anormal. Dale, acaba de meterte en el baño.

La presencia de su mujer no lo alteró, sin decir palabra alguna se levantó alborotando tempestuosamente las partículas de polvo iluminadas por el rayo de luz. Ya éste comenzaba a descomponerse en el biselado que bordeaba el espejo. Entró al baño y trancó la puerta con seguro, no quería que nadie lo sorprendiera en medio del rito. Se aseguró de poner los pies sobre la alfombra, le molestaba el frío que siempre guardaban los azulejos. Abrió un poco la ventana del baño para que el vapor del agua caliente, más tarde, no empañara el espejo. Se acomodó en la taza del inodoro. Sentado terminó de desnudarse dejando el pantalón emburujado sobre la alfombra. Cely siempre entraba a recogerlo cuando él empezaba a bañarse, por eso había puesto el seguro a la puerta. El baño estaba decorado de azul. En una de las paredes colgaba una pamela adornada con cintas de encaje y rosas artificiales. Hacía juego con unos patos azules, que revoloteaban en las puertas de la bañadera. Un azul pastoso coloreaba todo el cristal representando un lago. La hierba de guinea, o al menos eso parecía, que abarrotaba la orilla, la definían unos brochazos toscos y desproporcionados. Máximo miraba siempre aquel paisaje con reproche. Cely y él habían planeado, desde que compraron la casa, cambiar aquellas puertas por otras menos ridículas. Se miró en el espejo mientras se concentraba para defecar. Apoyó la barbilla sobre la mano como *El Pensador* de Rodin y pujó. En uno de los oídos le estalló un molesto silbido, mientras los cachetes se le enrojecían. Las piernas se le acalambraban por el rato que se pasaba sentado en la taza recreándose. Ojeaba revistas multicolores de diferentes tiendas y a veces le pedía a Cely que se comprara un blúmer provocador que había visto. Su cuerpo defecando estaba frente a él en el espejo, con el mentón clavado en la palma de la mano, una posición que ya tomaba por maña. Aún tenía el estómago lleno. Cada vez que comía huevos era la misma historia, la barriga se le inflaba como si se hubiera bebido un barril de cerveza.

Máximo, por lo general, no se tomaba mucho tiempo para bañarse. Preparar la ceremonia, por muy sencilla que fuera, era un embrollo al que no estaba acostumbrado, pero se sentía lo suficientemente animado para llevarla a cabo. Tenía fe en que el despojo podía atenuar la depresión, esa flojera con que se enfrentaba a todo. Como pensaba que su dolencia no era normal, no le parecía nada extraño acudir a medios esotéricos. La enfermedad empeoraba a medida que pasaba el tiempo. Tenía días que sufría una inquietud que lo ahogaba y la añoranza lo hacía ripios. Todo lo que había abandonado llegaba de golpe. Al principio pensó que en el invierno los recuerdos lo atacaban con más intensidad, hasta que en un verano de los más ardientes, estuvo tan mal, que se desmayó varias veces. Un mareo inoportuno lo hizo rodar por la escalera de su oficina como en las películas. Terminó con una bolsa de hielo en la frente para bajar un chichón de inmensas proporciones. Cely trató de convencerlo para que visitara un médico, pero él no oyó sus consejos.

Algunas gotas de agua cayeron en la alfombra cuando cogió una de las flores y la desmanteló dentro de una vasija plástica. Así fue haciendo con cada una de ellas hasta que creyó que tenía los pétalos suficientes. El rollo de papel higiénico siguió desenrollándose y se amontonó en el piso cuando arrancó un pedazo con brusquedad. Se limpió dos o tres veces el fondillo, haló la cadena y entró en la bañadera. Llenó la vasija de agua tibia y algunos pétalos se encogieron y cambiaron de color. Batió el agua y en la misma boca del remolino que se formó en la superficie, sobre los alocados pétalos, vertió medio pomo de agua de colonia. Esto último iba en honor a su madre, que se hacía una limpieza semanal con agua perfumada. Empujó el recipiente a un rincón de la bañadera y abrió la ducha. Terminada la ceremonia debía recoger los pétalos y deshacerse de ellos tirándolos al mar o en una esquina. Sabía muy bien en que sitio debía depositar el residuo de un despojo. Cuando niños Pepe el Baba y él salían de recorrido por el barrio a buscar quilos prietos. Revisaban los alrededores de todos los postes eléctricos donde se arrojaban, de noche, la mayoría de los trabajos que preparaban las brujas del reparto. Las más famosas eran Rosario y Clotilde que una vez se fueron a la guerra, pero Clotilde insuficiente, no pudo resistir los embates de Rosario y se retiró humillada. Majestuosas brujerías, con palomas blancas ahorcadas y huevos garabateados, aparecieron en aquella época en muchos portales. Con un palo de escoba Máximo y Pepe rompían los envoltorios, separaban lazos rojos y plátanos podridos para rescatar las monedas que a veces resultaban ser pesetas. Detrás de una mata se meaban las manos para romper algún posible maleficio y corrían a la bodega a comprar chucherías. Pepe el Baba, todo los lunes, lo primero que hacía era ir al poste de la calzada, a recoger siete quilos que tiraba allí su vecino al amanecer. Una día tuvo que ir a buscar a Máximo para que lo ayudara a recoger una cantidad insospechada de pesetas y reales. Ninguno de los dos supo nunca quién fue el loco que se despojó con tanta cantidad de dinero.

Se enjabonó la cabeza, siempre se quitaba el primer churre con jabón para que el champú le hiciera más espuma. Se restregó fuerte con la toallita, quería su cuerpo fresco y limpio para el enjuague final. Pegó la cabeza al chorro y se limpió la nariz resoplando por cada uno de los orificios. Entonces sintió el olor fuerte de la colonia que le inutilizó el olfato. Tembloroso se vertió el agua con flores sobre la cabeza. La fue dejando caer suave, como la lluvia cuando empieza a amainar después de un estruendoso aguacero. Sonrió al abrir los ojos, algunos pétalos quedaron pegados a su cara y el ardiente frescor que dejó la colonia en su piel lo puso a tiritar. Nunca antes se había sentido tan indefenso. La barriga ya le impedía mirarse los pendejos, contrajo el estómago y el agua que tenía estancada en el ombligo se deslizó apresurada, como por una canal, filtrándose en la pelambre humedecida. La mayoría de los pétalos se habían acumulado en el tragante y mantenían el agua estancada. Con paciencia los recogió y los ayudó a escurrir presionándolos suavemente. Buscó un cartucho, que con anterioridad había puesto entre las revistas que tenía en el baño, los metió dentro y lo depositó sobre el tocador.

Salió de la bañadera entonando desafinadamente una canción a medida que inventaba la letra. Estaba alegre, se sentía ágil, con deseos de todo. Sonrió cuando se vio encuero en el espejo, los güevos le colgaban como nunca.

—Si me va bien —se dijo a sí mismo— voy a comprar un merengue blanco para la Virgen de las Mercedes... y a lo mejor, por qué no, pongo un vaso con clara de huevo y miel de abeja, a nombre de Santa Clara, en el lugar más alto de la casa.

Eso mismo, aconsejada por Rosario la Bruja, le vio hacer a su madre infinidad de veces.

VIII

Le mortificó tener que encontrarse otra vez con los descamisados. Sin duda habían pasado el aguacero en la escalera. Cada uno engullía un trozo de pan con desesperación y todo el umbral de la puerta estaba lleno de migajas. Por eso mismo muchas veces desde lo último de la escalera, apoyada en la baranda, Dulce veía los gorriones moverse como manchas picoteando las losas. Cautelosos se atragantaban las migajas o desmenuzaban a picotazos y sacudidas de cabeza las partes más duras. Aquel mundo de subsistencia permanente de los pájaros era similar al de ella. El día brillaba de nuevo, pero la atmósfera humedecida y cargada de polvo retorcía el ambiente dándole un aspecto fangoso.. La alcantarilla de la esquina estaba tupida. El agua estancada formaba una laguna y los carros al atravesarla agitaban el agua formando olas que rompían contra los muros de los portales. Por no enfrentarse al charco, prefirió caminar un poco más para llegar a la parada de la guagua. No iba a ser tampoco la primera vez que sin zapatos y con los pantalones remangados hasta las rodillas lo cruzaba. Pero nunca con las piernas sin afeitar como las tenía ahora. Siempre se arriesgaba si ya venía de regreso a su cuarto, porque era muy normal, después de la lluvia, aquel estanque en medio de la calle. Una vez se cayó de fondillos y los descamisados se rieron de ella. Todavía corría un poco el agua arrastrando cajetillas vacías y múltiples colillas de cigarros. Mirar la picadura de tabaco le revolvía el estómago. Aquellos tabacos que su padre ensalivaba cuando fumaba la habían hecho vomitar muchas veces después de comida. A final murió de enfisema, con los pulmones que parecían dos pedazos de carbón. Sentía el aire espeso al respirar. Caminaba por la acera pisando los espacios secos que a veces, por suerte, eran tramos bastante largos. La calle era muy empinada y el agua se escurría rápidamente. Pero como consecuencia la esquina de su casa se convertía en un pantano intransitable, donde las latas de basura se veían de lejos flotar como barcazas. Tenía que evitar a toda costa que el agua le entrara por las gastadas suelas de los zapatos. Cuando se le humedecían los pies, tenía experiencia por los aguaceros que la habían sorprendido en la calle, se le engurruñaba la piel y la frialdad le traía la insoportable coriza. En la playa le pasaba lo mismo, al rato de estar sumergida, las manos se le ponían como hollejos y entonces aprovechaba para arrancarse a mordidas las cutículas y los pellejos.

No pudo evitar tener que pasar frente a la bodega, la que funcionaba también como puesto de viandas. En un rincón del portal había tres cajas llenas de papas podridas, donde una mujer registraba separando algunas que se podían aprovechar. Las paredes habían sido desgarradas por el tiempo y los rojizos ladrillos volvían a la luz. La vieja y descolorida pintura hacía resaltar las partes donde el repello aún se aferraba a la pared. El techo estaba apuntalado y un amasijo de palos lo atravesaba en todas direcciones. El portal de la bodega era el centro de reunión de los jóvenes al anochecer. Para olvidarse del aburrimiento, allí hablaban de la música americana y de todo lo nuevo que habían escuchado por las estaciones de radio radicadas en Miami. A pico de botella se daban sus tragos de alcohol de noventa grados o de aguardiente, cuando lo conseguían. Los descamisados siempre eran parte del grupo y aportaban informaciones de todo tipo con deliberado entusiasmo. La misma bodega donde Florencio había dibujado al bodeguero, la misma donde tomaba cerveza fría con sus amigos, de tarde en tarde, ardiendo de deseos de vivir. Allí estaba todavía la nevera antiquísima, con su cierre obsoleto, que tronaba al trancarse. Ya no funcionaba y se usaba para guardar papeles y trastos viejos. Como era de esperar no cabía un alma más en la bodega. Era la hora de dar el pan y la muchedumbre, acostumbrada a recibir, esperaba porque le dieran. No se podía ver el mostrador por la cantidad de personas que apiñadas en la puerta luchaban por coger su ración. Una mujer dentro del molote, con un niño de meses a cuestas, le gritaba desaforadamente al bodeguero.

—Luis, no le despaches que me toca a mí. Ése está colado.

—Sale de ahí descarado, que nosotros estamos aquí desde las seis de la mañana —gritó un anciano de voz fañosa, apoyando a la mujer.

Varias mujeres, con jabas de saco en sus manos, luchaban por acercarse al mostrador. La mayoría sin peinarse, lucían las greñas. Había una agresividad ilimitada en aquellos rostros que se desbocaba por cualquier motivo. La forma en que se manifestaban, esa reacción impredecible de la que ellos mismos no tenían control, era parte del enajenamiento colectivo que prevalecía y que ya había secuestrado a la población. Por eso Dulce no soportaba los tumultos. La calma en que trataba de aislarse la hacía sentirse diferente.

Apresuró el paso para evadir a algunos vecinos habladores que esperaban dentro de la molotera. Una nube cubrió el sol y la sombra que sobrevoló a Dulce la hizo estremecerse. Otro aguacero le echaría a perder el día, pero sólo se trataba de una de esas nubes que siempre van al galope detrás de la tormenta. Las calles de La Habana Vieja eran muy estrechas y estaban atiborradas de balcones muy deteriorados. Muchas personas ya habían sido magulladas por los derrumbes inesperados. El cielo se asomaba ridículo por entre los amontonados edificios y no era fácil advertir un cambio de tiempo repentino. Si algo extraordinario tiene el trópico es la locura con que se desenvuelve.

Desde donde se encontraba ahora podía ver una gran parte del malecón. La vista era desconcertante hasta la misma línea en que el mar empujaba la ciudad, como si sirviera de apoyo con su color para que se mantuviera en pie. El cielo estaba bastante despejado en la costa. Algunos nubarrones se movían dispersos, pero no representaban ninguna amenaza. Había muchas gentes caminando de un lugar a otro, las bicicletas circulaban suicidas entre los carros que hacían tronar sus gruñonas cornetas. Todo volvía a coger el ritmo de vida que exigía la supervivencia. Sólo el mar salvaba el paisaje. Aquel mar alrededor de la isla enfrentándose a la entretejida orilla de uvas caleta. Dulce y Máximo, en sus tiempos de excursiones, cuando iban de pesquería a Santa Cruz, terminaban siempre desnudos sobre un colchón de hojas, en un claro que descubrió Máximo, dentro del intrincado follaje. Las uvas caleta crecían desaforadamente en ese lugar a lo largo de toda la costa. A veces se dormían y cuando despertaban, ya cayendo la noche, nadaban desnudos sobre los orejones de mar que forraban el fondo marino. Los días de suerte volvían a casa con una picuda. Máximo de vez en cuando ensartaba alguna con su escopeta de pesca submarina. Una vez lo detuvieron porque el guardafrontera lo sorprendió con una langosta. Se lo llevaron preso a una base militar en Puerto Escondido. Dulce sin saber qué hacer esperó llorando en la arena hasta que llegó Máximo, que logró librarse de un juicio regalándole al jefe de la base una careta de buceo.

Dulce se quedó por unos segundos contemplando como el mar se partía en diferentes colores azules, al principio tomaba el color claro del fondo arenoso, luego se empañaba con el reflejo de las rocas y algas que minaban el fondo, y ya en lo profundo se tornaba del color oscuro de la inconfundible inmensidad. La sofocación del sol, la brisa que se afanaba en secarlo todo lo más rápido posible, daban la impresión de que no iba a llover más. Algunas mujeres, que aprovechaban el agua de lluvia para lavar, colmaban de ropas las improvisadas tendederas que tejían los balcones. Otras se conformaban con colgar sus trapos en las ventanas.

No se acercó a la parada de la guagua donde había un montón de gente esperando. Con la lejana esperanza de que pasara un taxi disponible se recostó a un poste en la misma esquina. Las nalgas se le ajustaron al pantalón empinándose vistosas. Un grupo de trabajadores apiñados sobre la cama de un camión le chiflaron frenéticos, y un muchacho de ojos azules que iba en la cabina le gritó algo que no logró entender. Ella, tal vez por su ingenuidad, no se dio cuenta que la posición en que se mantenía apoyada al poste exageraba sus nalgas. No había hombre que pasara junto a ella que no se le quedara mirando. Y eso fue lo que incitó al chofer de un taxi a aminorar la marcha cuando la vio. Unos minutos después iba airosa en el asiento de atrás de un chevrolet pensando que la suerte la había acompañado. Con pocas palabras le explicó al chofer dónde quería ir. Después, ignorándolo, se dedicó a mirar por la ventanilla. El joven enfocó con disimulo el retrovisor hacia Dulce y no le quitaba los ojos de arriba. El muchacho, un poco cabezón, ostentaba una melena muy escasa de pelo, la calvicie prematura le dibujaba el cráneo. Allí un grupo de pelos raquíticos esperaban su turno para desaparecer. Los párpados caídos le achicaban los ojos haciendo sobresaltar su nariz aporronada. Tenía manía de morderse los labios y a ratos, se chupaba la saliva de entre los dientes picados provocando un chasquido deprimente. A Dulce le daba tanto asco que apenas se atrevía a mirarlo. El carro era de los años cincuenta pero se veía cuidado. El asiento de atrás donde iba empotrada Dulce, tratando de evitar la mirada del chofer, estaba recién forrado con una lona áspera, pero limpia. Los muslos le empezaron a sudar y abrió un poco las piernas.

—Me dijo que iba para el reparto La Chorrera. ¿No? —le preguntó el chofer sin volverse.

—Sí —se limitó a contestar Dulce.

Esa parte de la ciudad estaba concurrida. El carro se detuvo en un semáforo, una guagua a su lado cancaneaba expulsando un humo apestoso y Dulce pensó en trancar la ventanilla aunque se ahogara de calor. Cada vez que respiraba aquel humo tóxico se imaginaba los pulmones ennegrecidos de su padre. Por un momento se lamentó no haber usado el taxi para ir a casa de Zoila y recoger las tachuelas que le hacían tanta falta. Le preocupaba que su tía fuera a olvidar su promesa y se las regalara a otro necesitado de la familia. Pero ir a casa de Fefa, así llamaban a la madre de Máximo, era definitivamente más importante. Ya la luz verde brillaba en el semáforo, pero el carro no podía moverse. Un tranque de carretones obstruía la avenida principal, el caballo de uno de ellos estaba tirado en medio de la calle resollando. El dueño, rabioso, le pegaba con todas sus fuerzas en el hocico con un pedazo de soga, pero el animal no daba la menor señal de quererse levantar. Alguien del grupo que miraba curioso desde la acera le gritó al torturador:

—No le des más abusador, que ese penco viejo ya está para hacer tasajo.

El otro carretón tenía una goma ponchada y estaba cargado de muebles. El dueño atolondrado no hacía más que azuzar al caballo que bufaba impotente. Un escaparate que llevaba atado a la baranda trasera, se tambaleaba. Fue grande el ajetreo que se formó para quitar los carretones del medio de la calle. Intervinieron algunos policías uniformados y unos cuantos hombres que miraban la algarabía muertos de la risa.

La ciudad había sido tomada por carretones de caballos que transitaban a todas horas. Era muy común ese tipo de espectáculo en plena calle y ya estos animales corpulentos, que no necesitan más que hierba para alimentarse, tenían un valor tremendo. La Habana volvía a la época de tracción animal, pero la preocupación de los dueños estaba en que los caballos servían también como alimento a la población. La carne proveniente del robo de estos animales, fácil de adquirir en el mercado negro, reemplazaba a la carne de res que prácticamente había desaparecido. Los propietarios dormían en vilo si tenían que dejar su yegua a la intemperie. Los más precavidos, sacrificando comodidades, convertían en un establo uno de los cuartos de la casa. Eran tantos los robos, que en las estaciones de policía dejaron de recibir denuncias de caballos robados. Los mismos dueños cuando una yegua no daba más o se enfermaba, en muchos casos con tumores visibles, la mataban, vendían su carne y después la denunciaban como robada. Muchas gentes se veían por toda la ciudad recogiendo boñigos de caballo para abonar la tierra del patio donde sembraban hortalizas. Indiscutiblemente era un buen abono. El mismo Máximo, cuando niño, llenaba sacos de yute con mierda de caballo y se los vendía a un guajiro que cultivaba de todo cerca de la Loma del Dudo.

Dulce sintió lástima por el caballo, pero se alegró cuando por fin lo hicieron levantarse y no pensó más en el asunto. El chofer siguió el camino que bordea la bahía para salir fuera de la ciudad. Circuló la rotonda, frente a los muelles, donde sobrevivía un pedazo de lo que fue la muralla de La Habana. Estaba ahí como prueba de resistencia. Arbustos silvestres que emergían de entre sus piedras la abrigaban. Los pájaros hacían nidos en su estructura. Era ancha, vigorosa como el esfuerzo con que se construyó. Las terrosas rocas chorreadas de moho le daban un tono de cansancio. Estaba allí todavía representando a los esclavos, a los indios que los colonizadores exterminaron. Allí dentro se conservaban ilesos los mitos taínos. La calabaza donde Yaya guardó los huesos de su hijo que él mismo mató, huesos que con el tiempo se convirtieron en peces. Un día los cuatro gemelos hijos de Itiba descolgaron la calabaza y comieron hasta saciarse, pero al querer ponerla en su sitio ésta se cayó y se quebró. Dicen que el agua que salió de ella pobló la tierra de mares y ríos. Allí estaban los cuerpos sin sexo, escurridizos, que capturaron los indios de manos ásperas, y que lograron convertir en hembras gracias al pájaro carpintero. Allí, decían, deambulaban de noche los muertos y eran reconocidos porque no tenían ombligo. Allí dentro estaba toda la esencia de una imaginación descuartizada. Dulce se quedó mirando la imponente armazón de piedras, sabía que había sido construida cientos de años atrás para proteger la ciudad de los frecuentes ataques piratas. Se fijó en la farola antiquísima que colgaba de una de las lajas en lo más alto. La ciudad parecía imitar la agonía de los restos de aquella muralla.

La intrincada ciudad quedó atrás y la vegetación fue tomando el paisaje. Las palmas a lo lejos parecían atravesar los techos de las indigentes casuchas. Los abundantes almendros garabateaban con su sombra los portales y cubrían la tierra de hojas que nadie se ocupaba de barrer. Dulce se babeaba mirando por la ventanilla. Las casas no estaban unas sobre otras y la mayoría tenían patios llenos de árboles frutales. Se podía mirar más allá sin que se interpusiera una pared o un edificio. Cualquier suburbio de La Habana era distinto a aquel mundo pedregoso en el que ella se desenvolvía, había un ritmo de vida en el espacio donde todo parecía flotar. El verde de las plantas se imponía, no se ahogaba como en la ciudad entre el hollín y la falta de luz. En el aire amelcochado de olores llegaban los recuerdos. Olor verde, como decía Florencio cada vez que olfateaba una planta o masticaba una hoja de albahaca o hierba buena. La mayoría de los cubanos sentían la necesidad, de vez en cuando, de masticar las hojas o espigas de ciertas matas silvestres. Los niños eran atraídos por cualquier matojo del que colgara una fruta por diminuta que fuera. Dulce respiró con fuerzas y recordó cuando chupaba los "gallitos colorados" del ítamo real que tenía su tía en el patio, el mismo patio donde fue atacada varias veces por las abejas y vio por primera vez un zunzún. El jugo lechoso que destila esta planta, cuando se parte uno de sus gajos, era utilizado para curar boqueras y llagas. De pronto le pareció que Máximo estaba esperando por ella, que era uno de esos días en que iba para su casa a pasarse la tarde con él. Salían a caminar el barrio y Máximo, si era el tiempo, la llevaba a buscar mangos maduros a la arboleda. Cruzaban placeres entre el olor a romerillo que los cundía y los guizazos que le mordían los bajos de los pantalones. Entre el olor a almendra verde atravesaban despacio la llanura que antecedía a la Loma del Dudo, y se entretenían en asustar a las adormideras que cambiaban de color y se apresuraban en cerrar sus hojas. A Dulce le encantaba ver como al más simple roce se contraían. Pasaban por frente a casa de Rosario la Bruja y Máximo siempre le contaba un cuento donde exageraba los poderes de la hechicera. Entre los dos preparaban una pucha con las flores de romerillo que luego llevaban a Fefa para que la pusiera en el centro de la mesa. Se tiraban sobre la hierba y masticaban algunas hojas silvestres. Luego se besaban sin apuro, pero al final Máximo terminaba molestándola porque le apretaba la lengua con los dientes y no la dejaba maniobrar.

—De esa manera no siento nada, me lastimas —refunfuñaba Dulce.

Aquella forma de besarla divertía a Máximo, le parecía quererla más cuando la maltrataba. Los labios hinchados lo excitaban y casi a rastras se metían en un aromal, donde Máximo se abría la portañuela y ella se atragantaba de rodillas frente a él.

Dulce miraba a unos muchachos que trataban de encaramarse en una mata de coco, cuando el chofer la distrajo.

—Ahí está el puente de La Chorrera.

—Después que lo cruce doble en la segunda cuadra a la derecha —le contestó Dulce levantado un poco el tono, porque un camión pasaba con un ruido atronador.

El chofer diminuyó la velocidad cuando llegó al puente. Era muy estrecho. Una anciana lo iba cruzando con una caja al hombro, mientras trataba de mantenerse lo más pegada posible al muro protector. Eran frecuente los accidentes en ese lugar, los niños jugaban a cruzar el puente corriendo sobre el muro, pero a veces desafortunadamente perdían el equilibrio y eran atropellados por un vehículo.

Dulce pudo ver el río, su aspecto era el mismo, el agua contaminada y espesa se movía lenta como una mermelada. Sobre la aceitosa superficie se esparcían colores denigrantes. Una espuma rarísima se amontonaba entre la maleza que crecía en la orilla. Algo parecido a la capa que produce la fermentación de la cáscara de piña cuando se pone en agua para hacer garapiña. Sin escrúpulos se derramaban desperdicios de todo tipo al río, las aguas albañales de todas las casas vecinas iban a parar allí, sin contar los desechos del hospital local. A diario se veían flotando gasas ensangrentadas y esparadrapos. Era el lugar de descanso de los gallos decapitados y de las codiciadas palomas blancas que se usaban en las brujerías. La basura y las latas medio sumergidas dibujaban la orilla. Nunca pudo creer, después que vio el río por primera vez, que Máximo, como le decía, se hubiera bañado allí con sus amigos. Aquel pantano aparecía en sus cuentos como un lugar paradisiaco. Los aromales invadían el terreno, surcados de trillos por donde los vecinos cortaban camino para llegar a la carretera principal. En algunos puntos, como el río no era muy ancho, puentes improvisados de tablones cruzaban de una orilla a la otra. El mal olor del agua corrompida llegó a ella pero no lo percibió su olfato, sin embargo el chofer hizo una mueca y aguantó la respiración unos segundos. El río La Chorrera no era más que un desagüe.

El bamboleo del carro al doblar la esquina, provocó que Dulce abriera un poco más las piernas y se aguantara de la puerta para no perder el equilibrio. Reconoció enseguida la casa de Fefa a lo lejos. La calle había perdido el asfalto y tenía todas las características de un terraplén con sus múltiples hondonadas.

El taxi crujía al pasar los· baches. Las plantas trepadoras minaban los portales y los techos, subían por las columnas y algunas casuchas exhibían en sus aleros largas melenas de hierbajos. Los árboles frutales y los platanales crecían en los jardines a su antojo. En algunos patios, las posturas de lechuga y ají criollo sombreaban los improvisados canteros. Las casas parecían engarrotadas dentro de la vegetación, dóciles, como si se adentraran a gusto en las sombras. Algunas se inclinaban sobre los cimientos, donde la perenne humedad había hecho estragos. El deterioro más visible, debido a la escasez de pintura, se notaba en las paredes de mampostería. Estaban descarnadas y como velos, desde el techo caían las manchas de musgo. Las cercas de mar pacífico se ensanchaban descuidadas, las buganvillas abordaban la acera haciéndola intransitable; la escoba amarga, que no tenía preferencias, crecía impasible desplazando la frágil hierba de los jardines. Aquel abandono intenso de la naturaleza las hacía lucir como casas de brujas. Dulce notó como el muro de bloques, que antes circundaba la escuela del barrio, prácticamente había desaparecido sin dejar rastro. De noche sucedía algo muy curioso. Los miembros de los Comité de Defensa, que hacían las guardias de madrugada, aprovechaban el tiempo en desprender habilidosamente los bloques. Con paciencia y sigilo los iban llevando uno a uno a sus casas, en muchas ocasiones con la ayuda de toda la familia, para luego utilizarlos en ampliar o arreglar sus viviendas. En varias noches de guardias, toda una pared quedaba desmantelada. Los quejosos maestros y algunos voluntarios (entre ellos los guardianes nocturnos), sobre lo que quedó de zapata, habían levantado una improvisada cerca de piedras, estilo medieval, para mantener protegidos los límites de la escuela. Aquella última imagen que guardaba del reparto en su memoria ya no existía, la transformación que sufrió en su larga ausencia era total. Yo también he ido de viaje, parecía decir el paisaje, y Dulce lo percibía en su extenuante agitación.

Las majaguas, los flamboyanes, los pinos y las palmas reales que servían de pararrayos, ensombrecían la escuela. Ya apenas se veían los grandes ventanales ni la pesada puerta de dos hojas que marcaba la entrada mirando hacia el sur. Era ésa la escuela donde Máximo había cursado sus estudios primarios. Donde un primer día de clase dio una perreta y le pateó los tobillos a una maestra con los zapatos ortopédicos. Allí por primera vez exploró el interior de la flor de majagua, muy práctica para los primeros estudios de botánica por poseer unos larguiruchos pistilos. Fue la escuela donde se pasó horas hojeando libros de historia y geografía. Eran hermosos cuadernos ilustrados donde se recreaba contemplando, entre asombrado y dudoso, a diez hombres abrazando un secuoya en un bosque de California o se imaginaba el estruendo de las cataratas del Niágara ante una deteriorada y empobrecida foto.

En el reparto La Chorrera, a la sombra de un árbol, el fresco era acogedor. Se podía ver la lluvia venir bajando por toda la calle desde la Loma del Dudo, levantando el polvo con su alboroto. Se formaban rabos de nubes y los vecinos trataban de cortarlos con una tijera. Los perros eran tan conocidos como las personas y se llamaban por su nombre, por eso a Agustincito, el asesino de perros del barrio, le era tan fácil envenenarlos. Las perras ruinas eran ensartadas en plena calle y los niños emocionados y envidiosos aprendían y disfrutaban viendo dos perros "pegados". Las viejas rabiosas trataban de separarlos echándoles cubos de agua caliente. En La Chorrera el sol tenía unos pinos por donde asomarse al amanecer y una arboleda en la finca, más allá de la Loma del Dudo, donde se dejaba caer la tarde. Los atardeceres eran hermosos en aquel reparto. La luz amarillenta del sol patinaba sobre las copas de los árboles, transformándose en un zocato verdor que empañaba la atmósfera.

—Pare en aquella casa rosada que hace esquina —se apresuró a decirle Dulce al chofer que esperaba ansioso por una señal.

El taxi cancaneó al detenerse y el polvo se levantó con el aire que soplaba en dirección a la loma. Pero como el viento era muy débil, apenas la polvareda llegó a la esquina. Dulce le pagó al taxista y al apearse sintió los muslos pegajosos por el sudor. Ya en la acera respiró profundo y miró hacia la despoblada Loma del Dudo. Sintió deseos de caminar hasta aquel lugar donde había estado con Máximo muchas veces. Aquel instinto de ir a restregarse en un sitio del que se había alejado mucho tiempo no era nada nuevo. Cuando se ausentaba de su cuarto por varios días, no podía evitar a su regreso salir a recorrer los lugares que más frecuentaba. La luz en su refugio le parecía más intensa, el calor menos sofocante y no existía nada más cómodo que su cama. No le molestaba conversar veinte minutos con la vecina y volver a escuchar las mismas historietas que ya se sabía de memoria. Era capaz de esperar con gusto por una guagua el tiempo que fuera y se extasiaba mirando a todo el que pasaba. Su cuerpo le pedía llenarse de nuevo, recuperar las costumbres, ahogarse en el aire conocido.

Fefa estaba en el portal. Sentada en un sillón escogía unos frijoles revolviéndolos dentro de una cazuela que presionaba entre los muslos. Aunque le llamó la atención el taxi estacionado frente a su casa, sólo se levantó cuando vio, a través de su mirada borrosa, a Dulce acercándose a ella. No pudo evitar ponerse nerviosa, sus manos apenas podían sostener la cazuela.

—Dulce, mi amor, tú por aquí. Cuánto tiempo sin verte, estás igualita. Seguro que traes alguna mala noticia... Yo sabía que hoy venía visita, vi un tremendo moscón esta mañana en la cocina, pero lo que nunca me hubiera imaginado era que ibas a ser tú.

—No Fefa, nada de malas noticias, vengo a visitarte —le aclaró Dulce sonriendo.

Se abrazaron. La piel de Fefa olía sabroso. Dulce la besó y dejó caer la cabeza en su hombro. Estaban conmovidas, de alguna manera aquel encuentro las empobrecía. Les faltaba algo, por eso aquel sentimiento se tornó en unos deseos de llorar que las dos, instintivamente, se empeñaron en controlar.

El taxista puso el auto en marcha y se alejó mirándole las nalgas a Dulce.

—Vamos entra, o piensas hacer la visita en la calle —le pidió Fefa.

Por un momento se quedaron paradas en el portal. Dulce miró sonriendo a Fefa y le dijo muy animada:

—Oye, te conservas muy bien.

—No creas, cada vez me siento peor, cuando llegas a vieja te sale todo. Hasta las encías me duelen y la artritis me tiene inmovilizada.

—Pues mira que yo te veo muy bien, cada día más joven.

Pero Fefa era una anciana. Los años abultaban su rostro. Sobre una boca hundida, la nariz se le desparramaba confusa afeándola. El pelo le escaseaba y ya no le costaba tanto trabajo mantenerlo por detrás de la oreja como cuando era joven. La carnosidad en los ojos le enturbiaba el paisaje, los colores se mezclaban en el exterior agolpando las figuras; los árboles perdían su encanto y se convertían en bultos macizos y borrosos. El mundo esencial de los detalles había desaparecido para ella. Vivía la vejez en el encanto de los recuerdos, en la tranquilidad de no haber abandonado, en la forma que su cuerpo se prolongaba en el de los hijos.

—La casa está igualita, Fefa... es increíble —le comentó Dulce por decir algo.

—No digas eso, todo se va destruyendo poco a poco y no se puede hacer nada. Mira cómo están estas losas de flojas —Fefa golpeó el piso con el zapato— y no se encuentra cemento ni en bolsa negra. Mira cómo están esas ventanas —señaló las herrumbrosas persianas— y ni un poquito de lechada se puede conseguir. Rodolfo, el pobre, ya está viejo y no se le puede pedir más de lo que hace, el otro día por poco se cae del techo tratando de coger una gotera... se cree que tiene quince años.

—¿Y él cómo está?

—Bien. Desde temprano anda por ahí zancajeando. Se mete en la bodega a ayudar al bodeguero y siempre se le pega algo. Tú sabes cómo es él, se pasa la vida pugilateando para la casa.

Lo único que heredó Fefa de sus padres fue la casa. Un caserón con techo de madera porque nunca se pudo reunir el dinero para echarle una placa. Tenía muchas ventanas y el viento fresco se pasaba el día atravesándola. Los nidos de gorriones abarrotaban los aleros, no había una hendija, entre los travesaños, por donde no asomara un poco de paja seca. La pintura rosada que le dio Máximo antes de huir a Miami, comenzaba a mezclarse con la humedad que trepaba de la tierra devorando el color en su lenta escalada. Las rajaduras en las paredes se extendían en todas direcciones a partir de los vértices, sobre todo donde los ladrillos se empotraban a las columnas. El portal, a modo de baranda, coronaba el frente de la casa con un muro de piedras a relieve cubierto de tejas rojas, dándole la majestuosidad de un castillo. El techo del portal sí era de concreto. Todavía estaba allí la enclenque jaula de tela metálica, que Máximo construyó para dedicarse a la martirizante cría de palomas mensajeras. La mata de melocotón que usaba para trepar hasta el techo se había secado y el tronco se inclinaba sobre el desagüe. Gracias a la tierra fértil y la magia de la naturaleza, el jardín era un platanal. Aunque Fefa, pegada a la cerca, se empeñaba en mantener con vida la flor de pascua que su hermano Florencio le había regalado.

—Bueno, vamos a sentarnos a conversar un rato —le dijo Fefa a la que ya le molestaba la cazuela que cargaba.

Dulce se dio cuenta y se la quitó de la mano. Fefa zafó el enganche de la puerta y la trancó cuando pasaron a la sala. Las ventanas estaban cerradas, la única luz que se filtraba en la casa entraba por la puerta del patio abierta de par en par. El resplandor resbalaba sobre las losas y se metía debajo de los sillones donde se esmorecía. Nada sorprendió a Dulce, los mismos tarecos de antaño estaban en su sitio. Era una casa con vida, cada mueble, cada adorno guardaba un recuerdo, una historia. Sobre la mesita gris seguía el televisor, de los años cincuenta, cargando la perenne chismosa como un sombrero. El hollín marcaba la pared hasta el techo, donde la sombra se ennegrecía más. En La Chorrera toda las noches se iba la luz y había que añadir al mobiliario las hogareñas antorchas de luzbrillante. Fefa conservaba un farol chino que compró Rodolfo pero ya no se encontraban las camisetas de repuesto.

Dulce percibía la emoción que bullía dentro de la anciana. Su presencia la distraía, la desconectaba de sus preocupaciones, la hacía emerger por un rato de ese mundo de recuerdos en que se sumergía.

—Ven, vamos para la cocina —dijo Fefa— que te voy a hacer un poquito de café.

La ventana de la cocina estaba muy alta y Fefa para abrirla o cerrarla la manipulaba con un cordel atado al pestillo. La luz pareció empujar la hoja de madera cuando la abrió y los cacharros sobre la meseta se entonaron.

—Si pudiera mandaba a remodelar esta cocina, es una cueva, un nido de cucarachas. Cuando me levanto de madrugada a tomar agua y enciendo la luz, están que hacen olas sobre la meseta.

—No digas eso Fefa, yo no he visto ni una. Está de maravilla, es grandísima... se puede bailar aquí dentro.

—Sí, pero necesita más luz, en pleno día tengo que andar a tientas aquí dentro.

En realidad la luz era suficiente. La carnosidad en los ojos de la anciana le cortaba la visión y sin querer achacaba sus penumbras a la falta de iluminación.

La cocina era amplia y estaba bien repartida, una meseta grande en forma de ele ocupaba dos paredes. Todavía se conservaban las hornillas, de la época en que se construyó la casa, para cocinar con carbón. En la actualidad, cuando la luzbrillante desaparecía por meses, Fefa las resucitaba para hacer un potaje, en muchos casos utilizando leña porque no conseguía carbón. Abajo, en los estantes, guardaba las tiznadas cazuelas custodiadas por las cucarachas.

La mayor demora fue prender el fogón y Dulce quedó sorprendida con la rapidez que se hizo el café.

—Yo diera cualquier cosa por tener también un fogón chino. Ese reverbero mío me desespera cada vez que tengo que cocinar.

—Mira, no creas que todo es color de rosa con estos fogones, explotan por cualquier cosa. A diario hay accidentes y el que no se muere queda marcado para toda su vida.

—Sí, es verdad, he oído decir muchas veces que revientan al menor descuido —reafirmó Dulce.

—No hay que ir tan lejos, en la otra cuadra, no hace mucho, le explotó el fogón a una vecina. Salió de la casa gritando envuelta en llamas. El sobrino la apagó en el medio de la calle con una colcha, pero ya era tarde. Dicen los que la vieron, porque yo oí la gritería pero no me acerqué, que estaba achicharrada. La pobre murió como una perra... tan buena vecina que era. Cada vez que prendo el fogón me acuerdo de ella —terminó diciendo Fefa evidentemente afligida. Le dio una taza de café a Dulce y la invitó a sentarse a la mesa.

—Ven, vamos a tomarnos el café y a hablar de otra cosa.

Dulce sopló la taza y tomó un sorbo.

—¿Está bueno? —no perdió tiempo Fefa en preguntarle.

—Riquísimo, hacía rato que no me tomaba un café tan sabroso.

Dulce sentía en la espalda el aire fresco que entraba por la puerta del patio. La rejilla rota del fondo de la silla le aguijoneaba la nalga pero resistía sin cambiar de posición. Desde el comedor podía ver el cuarto de Fefa perfectamente. Una habitación espaciosa, donde, en un rincón, permanecía la tabla de planchar siempre abierta. La sobrecama tejida que adornaba la cama caía en apretujados pliegues sobre las losas, un regalo de boda que Fefa aún conservaba. En un ángulo de la pared estaba el altar atestado de santos, vasos de agua, un pomo repleto de monedas y dos piedras de cobre dedicadas, por supuesto, a la Virgen de la Caridad. Era el cuarto donde Máximo había sorprendido a su padre amasando los pechos de su madre. El amor que sentía por ellos no le dejó asimilar aquel desparpajo y le costó muchos años comprender que lo que su padre hacía era saludable. Dulce miró con cariño la cama donde masturbaba a Máximo cuando se quedaban solos. Donde la había enseñado a que se la hiciera como a él le gustaba, suave, halándole el pellejo, manteniéndola cabizbaja unos segundos a cada sacudida. Al principio era tosca y frotaba con furia hasta hacerle sangrar el frenillo. Pero un día su novio le confesó, para hacerla feliz, que casi lo superaba al consumar la preferida de sus costumbres. A Dulce le encantaba ver a Máximo contraerse mientras batía y mirándole a los ojos se demoraba de un movimiento a otro. Detenía la mano sobre los acaracolados pendejos y le presionaba el músculo contra el estómago, mientras le mordía el pellejo de los güevos sin dejar de mirarlo. Cuando sentía que se iba a venir le envolvía la cabeza y cubriendo levemente el agujero con la yema del dedo regulaba la baba que brotaba, para refrescar con ella la carne enrojecida. Era entonces que la mano se le encharcaba y hacía chasquear los pegajosos dedos. Así se pasaba un rato acariciando el semen, como cuando niña jugaba con la baba que dejaban las babosas a su paso sobre las piedras del patio de su casa. Máximo le alborotaba el pelo y se dejaba caer hacia atrás sobre las almohadas a disfrutar la energía con que se cargaba su cuerpo. Cuando abría los ojos, antes de enfrentarse a Dulce, se quedaba mirando el cable repleto de moscas, con el bombillo grasoso, que colgaba del techo.

Dulce saboreó despacio el último buchito de café y colocó suavemente la taza sobre la mesa. Como evidente muestra de que estaba nerviosa se puso a plisar el mantel que caía sobre sus muslos. Fefa se dio cuenta.

—¿Cómo está Máximo? —le preguntó a la anciana que parecía esperar la pregunta.

—Hace poco me mandó una carta con una señora que vino de Miami. Me dice que está bien, trabajando mucho, que tiene muchas ganas de verme, que mi nieto está grandísimo y es muy inteligente... ahorita te voy a enseñar una foto que tengo por ahí, deja que tú veas eso, es un muñecón.

Dulce se sentía incómoda, le había parecido muy sencillo ir a pedirle a Fefa la dirección de Máximo, pero ahora que estaba frente a ella no se decidía a explicarle el propósito de su visita. Estaba nerviosa, no podía controlar la sofocación que empezaba a agitarle la respiración, sudaba, le ardían las orejas. Miró un colorido retrato de la última cena que colgaba en medio de la pared frente a la mesa. Le pareció ver sobresalir por uno de los bordes del marco las antenas de una cucaracha, la primera que veía, pero no se atrevió a hacer comentarios.

—Fefa, necesito tu ayuda —dijo con voz entrecortada—, me da pena decírtelo pero no tengo a nadie en quien confiar y mucho menos que me pueda ayudar. Estoy decidida a irme de Cuba y he pensado que Máximo puede ayudarme. Yo no tengo familia fuera del país, por eso pensé en él. Le he escrito una carta pidiéndole su ayuda pero no tengo la dirección... claro, le he escrito como una amiga, no quiero que mi carta le vaya a ocasionar un problema con su mujer... —respiró profundo— ni quiero que tú vayas a pensar que quiero acercarme a él, lo que hubo entre nosotros se acabó y aunque no lo creas lo único que a mí me interesa es que sea feliz al lado de su familia... Fefa, quiero vivir lo que me queda de vida en paz. Esto no va a cambiar, las gentes se conforman con cualquier cosa. Quiero vivir sin miedo y sin que me vigilen. Estoy cansada de este mundo de envidiosos que no permite que nadie viva fuera de las calamidades, de pasar tanto trabajo para conseguir cualquier cosa, de ese exceso de todo que necesitan los cubanos para convencerse... ¡Dios mío!, la vida se va en hacer colas, en preocupaciones por conseguir cualquier bobería...

—Habla bajito —la interrumpió Fefa— que te pueden oír, acuérdate que las paredes tienen oídos. Estoy segura que todos los vecinos ya saben que tengo visita. No dudes que se aparezca alguno con el pretexto de que le hace falta algo para enterarse de quién está aquí. Sobre todo la de enfrente que quiere ser presidenta del comité, porque Pedrito, el actual presidente, se está muriendo... ¿tú te acuerdas de Pedrito?

—Sí, el que le hizo la vida imposible a tus hijos cuando se enteró que querían irse del país —dijo Dulce y levantó la cabeza mostrando unos ojos llorosos.

—Tiene cáncer en la próstata. Dios me perdone, pero está pagando todo el daño que ha hecho. No han podido operarlo porque no hay cuarto disponible en el Hospital. Está pasando las de Caín, porque para ingresar le piden que lleve las sábanas, la almohada, una palangana para lavarlo en la cama, si es que rebasa la operación, y un bombillo para alumbrar la habitación los días que va a estar en recuperación. Todos los vecinos lo hemos ayudado con algo, yo le regalé el bombillo. Es el colmo que le exijan que se presente con un bombillo... eso no tiene nombre.

—El pobre— fue a lo que atinó a decir Dulce, que quería volver a su tema de conversación.

Fefa, mientras cambiaba pesadamente de posición en la silla, miró desconfiada en dirección a la puerta de la calle.

—Mira Dulce, a mí no me importa darte la dirección de Máximo en Miami, pero no sé cómo pueda ayudarte —dijo tratando de persuadirla, en el fondo no quería perjudicar la estabilidad familiar de su hijo en el extranjero.

—Fefa, entiéndeme, no soportó más... quién sabe si él tiene algún conecto para conseguir visas, con probar no se pierde nada.

—Mira, yo te voy a decir algo —Fefa miró instintivamente a la puerta otra vez, se inclinó lo más que pudo sobre la mesa para acercarse a Dulce y bajó el tono de voz— pero no puedes comentarlo con nadie. Mi ahijado tiene licencia de pesca y un bote, está preparando una fuga para Miami, si tú quieres hablo con él; yo sé que te lleva si se lo pido. Yo no le aconsejo una cosa así a nadie y desde que tiene metido eso en la cabeza vivo en un puro nervio. Tengo que tomar tilo todas la noches para poder dormir. Es una travesía muy peligrosa y el mar es muy traicionero. Pero entiendo que ustedes son jóvenes y no se detienen a pensar mucho en las consecuencias... Dulce te pido de favor que no vayas a hacer comentario con nadie, mi ahijado es joven comunista y todo, y no se va a salvar de unos cuantos años de cárcel si lo descubren.

—No Fefa, yo sé... ¿pero el barco está bueno, usted cree que resista ese viaje?

—Yo no lo he visto, pero él sale mucho a pescar y hasta ahora no ha tenido problemas, aunque una travesía de ese tipo, te repito, siempre es peligrosa. Escucha las estaciones de radio de Miami y oirás como muchos no resisten y llegan muertos, achicharrados por el sol, de otros nunca se llega a saber. Hay familias desesperadas esperando noticias de sus familiares que han huido en balsas. Algunos cuentan que han visto cuerpos mutilados flotando en el Estrecho de la Florida. El mar es el poder de Dios y cuando se enfurece no cree en nadie.

—Fefa, pídele que me ayude, vale la pena el riesgo. De todas maneras no se puede pensar siempre en lo malo, algunos se mueren, pero otros llegan —Dulce trató de sonreír mientras pasó las manos sudadas por el pantalón.

—Posiblemente él venga por aquí hoy, hace días que no viene a verme. No te preocupes, no me va a decir que no si yo se lo pido. Si no hay problemas que yo desconozca, tan pronto pueda haré que haga contacto contigo. Mi hijita que conste que esto lo hago por ti, pero, por favor, no lo comentes con nadie, ni con tu mejor amiga, que aquí nunca se sabe quién es quién. Hay muchos que por verte tuerto se sacan un ojo, te lo digo yo por experiencia, que he visto mucho.

—Fefa usted no cambia, siempre con sus dicharachos.

Dulce había dado un primer paso, ya su sueño comenzaba a enlazarse con la realidad, un joven con sus mismas ideas aparecía con un bote, pero como se iba materializando alteraba su estado de ánimo. La tensión la hacía sudar. Un peso extraño entorpecía su conducta. El resplandor que entraba por la puerta del patio desapareció de sopetón y la casa se oscureció, pero al momento otra bocanada de luz entró asustadiza.

—Una nube —dijo Dulce.

—Deja ver si llega Rodolfo, se va a poner de lo más contento cuando te vea. Está muy viejo y se comporta como un niño. Ahora le ha dado por coleccionar muñequitos y le pidió a Máximo que le mandara figuritas del norte.

—¿No llovió por aquí hoy? Allá en mi casa cayó tremendo aguacero.

—No aquí no llueve hace días, a veces por la tarde se pone el cielo que parece que se va acabar el mundo pero no cae ni una gota de agua. Y la falta que le hace una llovizna a mis plantas. No hay como el agua de lluvia.

—Usted siempre cuidando las plantas, en eso no puede negar que es hermana de Florencio.

—Cómo quería sus plantas —dijo Fefa—, se desvivía por ellas. Todavía yo tengo tilo sembrado del que él me dio. Te voy a dar un poquito cuando te vayas y si quieres siembra una ramita, prenden enseguida, el tilo siempre es bueno tenerlo en la casa. Te tomas una taza caliente antes de acostarte y duermes toda la noche como un lirón.

Fefa, además del tilo que cuidaba como a ninguna otra planta, tenía sembrado manzanilla, salvia, cilantro, y otros tipos de hierbas medicinales. A todo lo largo de la cerca, atadas con pedazos de alambre de perchero, colgaban las latas perforadas en el fondo.

—Ven, vamos al patio para que veas mis plantas —le pidió Fefa apoyándose en la mesa para incorporarse.

Florencio le había trasmitido a su hermana su adicción a las infusiones para curar enfermedades. Fefa seguía muchas de sus costumbres, pero no con el fanatismo que lo hizo él. Florencio prácticamente nunca visitó una farmacia, cada vez que se enfermaba recurría a las infusiones. Para todo tipo de dolencias acudía a tratamientos naturales, estaba convencido de que era una manera eficaz de curar las enfermedades y de prevenirlas. Al mismo Máximo cuando padecía un catarro o un malestar de estómago lo hacía tragar algún brebaje asegurándole que se iba a curar. Por eso su sobrino en la actualidad se tomaba un tilo para dormir, en vez de una píldora, cuando se sentía deprimido.

—En las plantas están todas las curas de las enfermedades —decía Florencio siempre con seguridad y confianza cada vez que hablaba del tema.

Por eso hasta el último día de su vida se dedicó a cultivar, en cuanta vasija encontraba, hierbas medicinales con las que prevenía y curaba sus dolencias más frecuentes. Religiosamente cada noche tomaba un poco de tilo y le daba al perro si lo notaba inquieto. Cuando el animal se enfermaba del estómago le preparaba infusiones con hierbas conocidas y con otras silvestres que le recomendaban. A veces lo llevaba a un placer cercano, aunque tuviera que alquilar un carro, para que por su cuenta comiera la hierba que necesitaba para curarse. Florencio se fijaba en cual matojo su perro escogía para masticar y luego cuando volvía a enfermar él mismo se lo iba a buscar. Si enfermaba de catarro le daba a tomar cocimiento de bejuco ubí con miel de abeja y limón y le ponía en el cuello un collar de mazorcas de maíz secas para aliviarle la moquera. Una vez que el perro cogió sarna, le recomendaron que se la curara con azufre y aceite, pero él acudió a la tradicional güira y frotando la pulpa sobre las llagas infestadas lo curó. Del mismo modo curaban los guajiros las heridas al ganado. Las costumbres más tradicionales eran las que atraían a Florencio, no disfrutaba un café como en su jícara donde, según él, sabía más rico, más a café. No había infusión que le recomendaran que él no probara en su momento para descubrir cuáles eran sus propiedades. Gozaba, cuando preparaba un cocimiento, al ver las hojas engurruñarse en el agua caliente a medida que iban liberando sus secretos curativos. Cerraba los ojos y metía la nariz casi dentro del jarro y olía con satisfacción el vapor de agua que expelía la ebullición. Con la hierba buena, cuando lo visitaban, preparaba a los buenos amigos el tradicional mojito criollo.

Fefa bajó los dos escalones con mucho cuidado. El patio estaba atestado de cachivaches. Latas viejas, tablas y tongas de ladrillos minaban los rincones. En las rajaduras del piso de cemento florecía la hierba mala. Un par de bloques sostenían un tanque de fibrocemento para almacenar agua. El reguero de tarecos lo hacía lucir mucho más pequeño de lo que era. Una tendedera lo atravesaba y Fefa para que no molestara la levantó con la vara de cañabrava.

—Aquí lavo y tiendo yo, cuando me siento bien —dijo mientras recogía un palito de tendedera que había caído al suelo.

Dulce se quedó en medio del patio mirando a su alrededor. Allí estaba todavía la mata de chirimoyas pegada a la cerca dando sombra, sobreviviendo. Notó las marcas que había depositado el tiempo sobre lo que permanecía a la intemperie, porque era imposible preservar o sustituir lo que se iba echando a perder. El moho se extendía sobre el tanque del agua en las partes donde no daba el sol, la mayoría de las tablas que formaban la cerca estaban podridas y ésta se inclinaba levemente hacia el pasillo de la casa vecina.

Fefa fue al cubo donde se desbordaba el tilo en todas direcciones con sus ramas frescas y jugosas.

—Mira qué lindo está, qué belleza —le indicó Fefa.

Dulce se le acercó sonriente y arrancó una hoja que olió profundamente varias veces.

—Quieres que te diga una cosa, no se te vaya a ocurrir moverlo de este lugar porque se muere —dijo Dulce.

—Sí, yo lo sé, me ha pasado otras veces, he quitado una planta de un lado y a los pocos días empieza a marchitarse, parece que se ponen triste.

Fefa arrancó unas cuantas ramitas del tilo.

—Fíjate tan pronto llegues a la casa ponlas en un vaso con agua.

Dulce se sentía agitada desde que Fefa le prometió hablar con su ahijado para que la llevara en la fuga, a intervalos suspiraba llenándose los pulmones de aire, la boca seca le alteraba la voz. Duda, tensión, pesadumbre, no sabía definir qué era, pero la misma sensación de pérdida que la había embotado cuando perdió a su madre la embargaba. Bullía en su cuerpo la soledad, era ésa la humillación en que la sumía la existencia. Su único alivio, lo más cercano había sido su madre y ya no estaba. Aquel calor que le proporcionaba su presencia, las manchas en las manos cuando la acariciaba que quedaron para siempre en su memoria. Aquella misma mujer a su lado representaba otro cariño, otro dolor, que no la penetraba. Fefa estaba ahí viva. Su madre había sido carne como ella, había sido gestos, definición. Y todo aquello se lo arrebataron de una manera salvaje, injusta. La misma Dulce la halló muerta en la cocina. La cabeza le descansaba sobre los coágulos de sangre, aún con los ojos abiertos miraba hacia el techo. Nunca se encontró al criminal. Con el mismo martillo con que la anciana machucaba la carne, el ladrón le destrozó el cráneo y huyó con la falda que la anciana se disponía a cocinar. El día anterior Dulce había estado con ella en la carnicería, donde pasaron horas haciendo una cola agobiante para comprar la cuota de carne trimestral. La imagen de su madre la volvió a tocar. El vapor en las mejillas le hacía sentir la cara hinchada, una inquietud sofocante tomaba fuerzas en su interior. El día se había vuelto turbio, el propósito de la visita a la casa de Fefa había perdido su fervor, la ilusión que posaba en el futuro. La idea de escapar y abandonarlo todo la sacaba de paso. Recuerdos iban y venían, recordaba con precisión y en detalle sucesos que apenas se atrevía a memorizar. Pensó en las arañas del cuarto, en si alguna otra llegó de visita en su ausencia. Su refugio le parecía distante. Sentía miedo como si fuera inminente la pérdida. Le pareció que llevaba días en el patio al lado de la mata de tilo, y que si no se movía iba a permanecer allí para el resto de su vida.

—Fefa, me voy —dijo agitada.

—Pero cómo tan pronto, apenas acabas de llegar. No te puedes ir todavía, ven que te voy a enseñar una foto de mi nieto.

—Es que le prometí a mi tía que iba a pasar por su casa —mintió Dulce.

—Yo pensaba invitarte a comer.

—Otro día, de todas formas vamos a estar en contacto.

Fefa fue directamente al cuarto seguida por Dulce. En la cómoda bajo un cristal estaban las fotos.

—Mira qué lindo —y le señaló a Mario entre sus padres, en una foto en que se veía el frente de la casa y parte del bote de Máximo.

Dulce se inclinó un poco para ver mejor pero en ese instante la anciana prendió la luz que iluminó el cable repleto de moscas. Tenía la sensación de estar mirando fotos de otro planeta. Allí estaba Máximo, fue al primero que miró, sonreía y los ojos eran dos rayas oscuras. Cely estaba apoyada en su hombro y Mario entre los dos cabizbajo. Ni Fefa nunca antes, ni ahora Dulce se percataron del juego de video portátil que apretaba el muchacho en la mano.

—El niño es igualito a Máximo, el mismo pelo negro —dijo mirando sonriente a Fefa.

—Mira, en esta otra foto están Berto y María. A los dos les va muy bien, sobre todo a María, tiene tremendo puesto en el gobierno.

—Están igualitos, allá la gente no se pone vieja —comentó Dulce que nunca mantuvo una relación cercana con ellos.

Dulce estaba más animada cuando salieron al portal. El cielo se había despejado pero no brillaba, la brisa seguía levantando el polvo que se escabullía en los portales. La vecina de enfrente disimulaba barriendo la acera pero no les quitaba los ojos de arriba.

—Bueno, no te pierdas, yo de todas formas me voy a ocupar de lo que te prometí y te dejo saber. Dulce, mi hijita, no vayas a hacer comentario con nadie de lo que te dije, por favor te lo pido —le dijo Fefa en un susurro al oído demorando el abrazo.

—Despreocúpese.

—Si él quiere ayudarte yo te lo dejo saber enseguida. Si no puede ser, entonces le escribes a Máximo a ver si puede hacer algo, por quién mejor que por ti.

Dulce se despegó de Fefa sin contestar.

—El tilo se te olvida, lo dejaste encima de la cómoda.

Fefa se perdió en la casa y trajo las ramas de tilo envueltas en un pedazo de periódico.

—Dale un beso a Rodolfo de mi parte —le dijo Dulce antes de echarse a andar hacia la parada de la guagua.

—Ojalá tengas suerte y puedas coger otro taxi.

Dulce se alejó sonriendo, llevaba la imagen de Máximo en la mente, el rostro de alguien que ya no era el mismo que guardaba en el recuerdo. Pensó un momento en el álbum de fotos que le había dado Florencio y se reprochó no haberle dicho nunca a Fefa que estaba en su poder esa reliquia familiar.

Nunca supo cuál fue el propósito del anciano al escogerla a ella para que se lo entregara algún día a su sobrino. Lo que sí sabía era que aquella encomienda la mantenía unida de alguna manera a Máximo. Apretaba el tilo en la mano sudada. Quería irse de allí, llegar a su cuarto, tirarse en la cama aunque se ahogara de calor. Ya incluso no le importaba si la sorprendía un aguacero en la calle, ni si llegaba a concretarse poder escapar de la isla. Quería estar sola, por primera vez sentía miedo a huir, a enfrentarse a algo nuevo. Casi se olvida de volverse y decirle adiós a la anciana que se mantenía apoyada al muro viéndola alejarse como a tantos otros. Ya la vecina había soltado la escoba y cruzaba la calle en dirección a la casa de Fefa.

IX

La ventolera en realidad no mantenía un rumbo estable. Se dirigía hacia todos los puntos cardinales, pero por la forma en que se desbandaban los gajos de los árboles cualquiera diría que soplaba hacia el sur. El matorral de la casa de enfrente parecía cascabelear. De las corpulentas ramas del flamboyán se desprendían las hojas y se veían zigzaguear en el aire en todas direcciones. Había un fresco rico y Máximo se alegraba, porque así al menos, después del refrescante baño, no sudaría mucho. La peste a grajo lo irritaba. El calor en Hialeah es esponjoso, ensopa, la perenne humedad es tan espesa, que al respirar cada bocanada de aire puede saborearse. La temperatura era agradable dentro de la casa. Estaba parado en la puerta y el aire frío se escabullía. La cerró y se puso a mirar hacia afuera por la ventana, aunque eso no impidió que el equipo de aire acondicionado se disparara. Máximo se alteraba con los cambios repentinos durante el día, la forma chapucera con que se presentaban hacían voluble su estado de ánimo.

—Cely estoy esperando por ustedes —gritó Máximo, desde la sala, sin dejar de mirar las ramas alborotadas por el viento.

La luz del sol llegaba hasta el portal y la sombra de la areca que crecía en el jardín bailaba por toda la pared. No había indicio de que fuera a llover en la ciudad, las nubes en el cielo no eran pastosas, sino flequillos grises que se desplegaban en lo alto como un campo de millo. El torbellino, fastidiosamente, seguía amontonado bien hacia el oeste sobre los *everglades* y parecía incendiar el horizonte con sus relámpagos. Pero estaba tan lejos que ya no formaba parte de lo que acontecía en este lugar. Máximo había olvidado su amenaza y el día se presentaba formidable.

Bostezó y el aliento empañó el cristal de la ventana. Con la yema del dedo pintó una figurita en la humedad. La misma que dibujaba desde niño en cualquier sitio que pudiera fijarla, por una manía o porque era lo único que sabía pintar. Lo hacía en la arena cuando iba a la playa, en el rocío que se depositaba durante la noche sobre el carro. La única que le pudo dibujar a su hijo cuando le pidió emocionado que le mostrara sus dotes como pintor, porque los niños piensan que porque se es grande se sabe todo. Pero quedó defraudado cuando le garabateó el mismo muñequito de bolitas y palitos que pintaba él sin mucho entusiasmo.

En una ráfaga de aquellas que alborotaban las hojas llegó su infancia y recordó cuando su madre, como recompensa por portarse bien, lo sentaba por la tarde en el portal con una moneda en la mano a esperar a que pasara el heladero. Se inquietaba mirando hacia la Loma del Dudo, de allá venía casi siempre el carretón con el caballo sonando el cencerro que llevaba al cuello, aunque a veces lo sorprendía doblando por la esquina más próxima a su casa. Su madre salía al portal cuando oía llegar al heladero y Máximo con sus pantalones cortos y machucando la tierra con las botas ortopédicas, corría hasta el medio de la calle para que no se le fuera a adelantar otro niño.

—Dame un helado de mantecado —decía siempre extendiendo la mano con el dinero.

Para Máximo era mágico aquel instante en que el Moro levantaba la tapa rústica de la nevera y desaparecía la mano dentro de la humareda que expelía el hielo seco. Entonces, con el humo todavía pegado a la manga de la camisa, le brindaba una paletica como si la hubiera extraído de una nube. Máximo miraba el caballo espantarse las moscas del lomo y sentía en su cara el aire que esparcía al azotarlas con el rabo. Luego se sentaba en el portal a chupar el helado y las manos se le ponían frías. A veces soplaba una brisa que se lo derretía muy rápido. Glotonamente se saboreaba los pegajosos dedos antes de que su madre le lavara las manos y la boca en la pila del patio. Por aquel entonces vivía seguro de que nunca le faltaría, de que a una madre se tiene para siempre.

Máximo impaciente salió a la calle. Esperar por alguien lo incomodaba y, por una cosa o por otra, siempre tenía que esperar por Cely que nunca se apuraba para nada. Abrió el carro, lo arrancó y puso el aire acondicionado al máximo para que se fuera refrescando. Luego colocó dentro del portaguantes el cartucho húmedo con los pétalos que sacó del baño. Dio una vuelta alrededor del parqueo mirando la hierba que estaba un poco alta. Se acercó al bote y se detuvo junto al motor fuera de borda. Allí descubrió un nuevo rasguño en la popa que había levantado un poco de pintura, y se esforzó en tratar de recordar en qué momento le había dado aquel golpetazo.

Estaba distraído cuando Cely y su hijo salieron de la casa. Mario iba trasteando con los dedos el juego de video portátil.

—Dale Máximo... ¿no estabas apurado?... ponle el seguro a la puerta y vamos —dijo Cely burlona mientras se dirigía al carro.

—¿No la cerraste tú cuando saliste?

—No estoy segura.

—¿Cómo no vas a estar segura de algo que acabas de hacer?

Cely no le contestó y se apresuró a entrar en el auto huyéndole al viento. Desde allí vio como su esposo le pasaba el doble pestillo a la puerta. Máximo evidentemente molesto, antes de ponerse en marcha, se quedó mirando a su mujer por un instante pero ésta lo ignoraba.

Estaba muy bonita, sabía maquillarse sin exageración. A Máximo le encantaba verla así y a veces, antes de acostarse con ella, la hacía arreglarse como si fuera a presentarse en un concurso de belleza. Entonces la tiraba en la cama, le besaba el cuello, la cara, los ojos, le mordía las orejas y se quedaba sobre ella largo rato oliéndole el pelo. Después, buscando otro olor, se abría camino con la yema de los dedos mientras trasteaba con la lengua la carne mojada. Mamando, con los ojos cerrados, trataba de penetrar el mundo húmedo y oscuro del sexo. Entre el sudor, la saliva y el colorete hacían el amor.

Mario en el asiento de atrás del amplio Bonneville iba sumido en la tarea de salvar a la princesa. Sus dedos se movían precisos sobre los pequeños controles mientras sin pestañear mantenía la mirada fija sobre la pantalla.

Ya iban por la avenida 28 cuando Cely le pidió que se detuviera para comprar flores. Casi siempre que iban a la Ermita de la Caridad ella llevaba un ramo de pompones blancos, que le ponía a la virgen mientras rezaba e imploraba pidiendo prosperidad, felicidad y sobre todo salud para toda la familia.

—Sin salud no hay nada, lo único que se necesita es salud. La ruina en este país es caer enfermo sin tener un buen seguro médico —decía eufórica cada vez que se le presentaba la ocasión.

Y tenía razón. Su mejor amiga por nada muere de un tumor en la cervical porque la clínica a la que estaba asociada, y a la que pagaba una mensualidad desorbitante, no le quería cubrir los costos para hacerse un escáner. Los médicos la engañaron diciéndole que eran los nervios, estrés, hasta el día que se agravó su enfermedad. Se salvó porque un médico de guardia que la atendió, cuando llegó a la consulta con la mitad del cuerpo paralizado, le habló claro y le recomendó que fuera al Hospital gubernamental Jackson Memorial. El único, por cierto, que había en la ciudad y donde para verse con un especialista había que esperar meses. Así fue, de milagro, que salvó la vida, aunque ella decía irónicamente que la había cambiado por una deuda de 200,000 dólares que ahora debía al hospital.

Máximo detuvo el carro sobre el arenal que bordeaba el canal, cerca de donde se encontraba uno de los vendedores de flores. El polvo rodeó el automóvil y Cely esperó a que se disipara para bajarse. El vendedor se levantó de la silla plegable donde estaba sentado y se dispuso a atenderla. Intentó una sonrisa cuando vio que Cely se acercaba, pero el gesto en su rostro se transformó en una mueca. Era un viejo alto, trasnochado y de hombros extremadamente caídos. La piel arrugada y grasosa de la cara le brillaba. Parecía un hombre de campo que ha trabajado toda su vida bajo el sol. Cely le dio los buenos días y fue directo a los cubos plásticos donde estaban las flores.

El vendedor a su lado le iba nombrando los tipos de flores que colmaban las cubetas. Se empeñaba en que pusiera atención en una docena de rosas que tenía en la mano, insistiéndole en que eran frescas. Cely ignorando la proposición del anciano se decidió por un ramo de claveles que parecían estar llenos de vida. Los pompones que eran las flores que más le gustaban estaban demasiado abiertos y sus pétalos ajados. Le pidió que le preparara una pucha, a la que regularmente se adornaba con flores miniaturas y algunas ramas. Mientras el vendedor se fue a un costado del camión a trabajar en el ramillete, Cely se entretuvo mirando las flores, inclinándose sobre las atestadas cubetas. El viejo de reojo le miraba las nalgas que se empinaban con elegancia levantándole el vestido. Las piernas fuertes y bien formabas de Cely insinuaban muy bien todo lo demás que mantenía oculto. Vivía orgullosa de no ser canillúa y se las afeitaba a menudo, pero no sólo por presumir, sino porque Máximo detestaba que lo arañara cuando le pasaba una pierna por encima a medianoche.

Máximo se sobresaltó cuando su mujer entró al carro, estaba entretenido mirando un tronco seco que se empinaba en una de las orillas del canal. Las enredaderas silvestres lo forraban trepando por entre la corteza desflecada.

—Nunca le había comprado a este viejo —dijo Cely tan pronto entró al carro—, mira qué bonito hace el arreglo.

—Sí, está bonito, ahora lo que hay que ver es cuánto dura —rezongó Máximo.

—Yo no me puedo explicar por qué siempre le buscas defectos a todo.

Máximo no le contestó sino que reguló el aire acondicionado que ya comenzaba a convertir el interior del carro en una nevera.

—Acuérdate que yo y el niño no hemos desayunado.

—¿Hay que parar otra vez?

—Se ve que ya tú tienes la barriguita llena.

Máximo la miró aguantando la risa y se le enrojeció la cara.

—¿Qué quieren comer?

—Café con leche y tostadas. No te cuesta nada parar un momento en la cafetería de Pepín. Nosotros te esperamos en el carro.

El aire fresco batía sobre la frente de Máximo alborotándole el pelo. Tamborileando sobre el timón seguía el ritmo de una canción que sonaba en la radio. La música, sobre todo la popular, lo distraía dejándose penetrar por el escándalo. Cuando escuchaba canciones de su juventud se enfrentaba a los recuerdos y se iba dentro de aquella melodía que había compartido parte de su pasado. El misterio de los sonidos de pronto lo hacía feliz o infeliz. Una canción era capaz de revivir su infancia con más claridad que toda su imaginación. Disfrutaba momentos de su vida junto a algunos amigos que entonces le habían parecido insignificantes. Los recuerdos lo sorprendían y le hacían visible el abandono. La música, el golpe del viento, el rasgar de las olas en la arena, le habían traído muchas veces a la memoria a su amigo Pepe el Baba. Cuando se hicieron hermanos de sangre bajo la sombra de la carolina en la Loma del Dudo. En un rito infantil, ambos se cortaron la yema del dedo y las unieron mientras sangraban. Los sonidos naturales también lo hacían viajar. Cuántas veces no había recordado, tras el chasquido de una piedra que tiraba al canal de la avenida 68, cuando se arrodillaba a la orilla del río La Chorrera a mirar los gusarapos, o los chapuzones que se daba al mediodía. Cuando se arriesgaba a cruzarlo a nado, contra la corriente, después de un aguacero. Cuando agazapado entre los aromales mataba las tojositas con el tirapiedras de ligas rojas. Cuántas veces oyendo una canción no lo había rondado el olor de su madre, cuántas veces no había saboreado el jarro de café caliente que le llevaba a la cama todas las mañanas. El sonido reviviendo lo que reposaba en el pasado. Por eso le gustaba estar solo en el mar, oír su canto. Allí las vibraciones rechinaban con calma en su piel y volvía suave a sus andanzas, veía a una olvidada muchacha sofocarse entre sus brazos, jugaba con su hermano en la mesa a partir la siquitrilla de un pollo para ver quién se quedaba con la parte más grande y se ganaba la peseta. Sonreía recordando cuando conoció al exhibicionista del sombrero. Aquel hombre que se sentaba en el malecón de La Habana con la pinga parada y se la cubría con un sombrero; entonces cuando veía una muchacha le silbaba y se levantaba el sombrero para mostrarle la piltrafa, como le llamaba él mismo. Recordaba la época en que quiso ser actor y frente al espejo de la cómoda ensayaba las miradas de frente y de perfil. Como de noche excitado, pensando en la vecina, rompía la costura de la almohada y se vaciaba en la guata. Cuando fue corriendo a despertar a su madre para decirle que había tocado unas tetas por primera vez. El temor que sintió la vez que le dijeron que las garzas tenían sólo una gota de sangre que le recorría el cuerpo y no se podían comer. Recordaba los días en la escuela, cuando en plena clase, se rompía el bolsillo del pantalón colegial y se masturbaba mirándole los muslos a la maestra. Por eso pensaba que la música, el canto de la naturaleza, era algo sin tiempo volando en todas direcciones, un torbellino invisible, que cuando lo encauzaba, lo hacía jadear.

—Mario, ¿tú quieres café con leche o batido? —le preguntó Cely a su hijo cuando Máximo se detuvo frente a la cafetería.

—Batido —dijo Mario sin levantar los ojos de su equipo portátil.

—Oíste Máximo, el niño quiere batido.

La rubia fondillúa le sonrió con ganas a Máximo cuando lo vio de nuevo parado en el mostrador y como no había muchos clientes en ese momento lo atendió enseguida. No se encontró con Pepín en el rato que estuvo esperando y se alegró, no quería perder más tiempo.

—Échale una cucharada más de azúcar —le pidió a la rubia cuando revolvía el café con leche.

—Mucha azúcar es malo.

—En la actualidad todo es malo, no te preocupes.

—¿Quieres un poquito de café?

—No. Estoy apurado.

La rubia fondillúa se quedó pasando un trapo al mostrador cuando Máximo se fue con las manos llenas.

El café con leche estaba hirviendo y Cely lo soplaba para enfriarlo. Cuidadosamente mojaba la tostada en la leche para que no se le fuera a derramar en la alfombra. Comía despacio saboreando hasta el cansancio cada mordida de pan enchumbado. Mario, por su parte, había renunciado al batido con tal de no detener el juego.

—Ah, Máximo, se me olvidó darte una sorpresa que tenía en la casa para ti. Te va a gustar mucho, vas a temblar cuando la veas —le dijo Cely con la boca llena.

—¡Sí! ¿Qué cosa?

—Ciruelas igualitas que las de Cuba. Me las trajo Irma, la que trabaja conmigo, de Santo Domingo.

—Como las de Cuba, difícil... por qué no me lo dijiste cuando estábamos en la casa, me hubiera gustado verlas.

—Te dije que se me olvidó, cuando regresemos acuérdamelo. Se te va hacer la boca agua cuando veas eso. Yo me comí una y me sentí en Cuba, me dieron ganas de llorar.

—Bueno, habla de otra cosa.

Mario no se decidía a tomarse el batido y su padre se lo reprochó.

—Mario, por favor deja el jueguito un minuto y desayuna.

—Fíjate, Máximo —le dijo Cely bajando el tono de voz—, hay que hacer algo con este niño. No te lo había comentado pero yo lo veo raro. El otro día me contó que las pesadillas no lo dejan dormir, que se pasa toda la noche soñando que está metido en un túnel del que no puede salir. Dice que camina por la oscuridad cuadras y cuadras hasta que el túnel se estrecha tanto que tiene que avanzar a rastras, y que al verse perdido empieza a golpear con la cabeza la pared hasta que se le revienta el cráneo. Yo no sé pero a mí me parece que es el jueguito ese el que lo tiene así.

—Si crees que ése es el mal, suprímele el juego y se acabó.

—Mira, muchacho, se muere...

—Bueno, de todas manera si sigue como va, pronto va a haber que internarlo en un manicomio.

—Tú todo lo resuelves muy fácil.

Máximo prefirió no discutir y se quedó mirando una inmensa propaganda, a uno de los lados de la carretera, donde se exhortaba al pueblo a reelegir al Alcalde Convicto que se había postulado otra vez. Otro juicio por nuevas fechorías que se le imputaban estaba por celebrarse.

—¿Tú concibes que ese hombre quiera ir a elecciones otra vez? —le dijo Máximo a Cely haciendo una mueca.

—Lo más probable es que sea reelegido, todo el mundo dice que es el mejor, que es muy bueno, que se ocupa mucho de los viejitos.

—Yo no creo que vuelvan a votar por él. La vez anterior se comprobó que ganó con fraude.

—¿Y qué pasó? Los canchanchanes lo plantaron de nuevo en el City Hall, después que el Comité de Elecciones obligó a la ciudad a que se llevara a cabo un nuevo comicio.

—Pobre pueblo —balbuceó Máximo subiendo un poco el volumen del radio.

—Máximo a mí me parece —tomó un buche de leche y prosiguió— que deberíamos hacernos ciudadanos americanos para tener derecho al voto.

—Ni muerto. No votaré nunca ni aquí ni en Cuba si vuelven a haber elecciones algún día, no quiero convertirme en uno de esos cómplices entusiastas que llevan a los delincuentes al poder.

A Máximo no le gustaba nada ese mundo turbio de la política. Con su misma hermana podía resolver trabajos envidiables, con buenos salarios, dada la posición en que se encontraba ella, y nunca la había molestado. No hacía mucho apareció en primera plana del periódico al lado del presidente. Su hermana se merecía el triunfo, era muy luchadora. En los ratos libres, en su época de estudiante universitaria, entre otras cosas, se iba a cazar cocodrilos voluntariamente para evitar su extinción. Máximo detestaba la hipocresía evidente de los políticos. En los carnavales de Miami se exhibían todos encima de las carrozas, como si fueran las primeras bailarinas. Si era tiempo de elecciones, en vez de serpentinas, repartían sus fotografías en pequeñas proclamas, indicando a su vez el número que había que marcar para votar por ellos. Y de una forma muy graciosa, el día de los Reyes Magos, el alcalde de turno y los comisionados se convertían en Melchor, Gaspar y Baltazar y recorrían la calle 8, de arriba abajo, al lado de unos azorados camellos.

Cuando pasaban el elevado del Dolphin Expressway, sobre el río de Miami, los dos se quedaron mirando los pasmosos edificios del centro de la ciudad, que se empinaban entre la bruma que los emporcaba. Algunos cristales de los rascacielos más altos chispeaban con el reflejo del sol, pero sin mucho esplendor.

Mario sin dejar de jugar cogió el batido y chupó por un rato mordiendo suavemente el absorbente.

—Qué feo se ve el centro de la ciudad hoy —comentó Cely.

Máximo no le contestó, iba mirando una caravana fúnebre que se desplazaba en sentido contrario. Todos los carros llevaban las luces prendidas.

—Solavaya —dijo Cely y se persignó.

Uno más para la explanada, pensó Máximo que odiaba los cementerios. No tanto por el miedo a la muerte como por lo pobre que lucían. Eran terrenos cubiertos de un hierbajo de corral, muy usado también en las casas, al que algunos llamaban hierba de San Agustín. Sobre aquel pasto flotaban las escuetas lápidas. De las losas, como rústicas campanas boca arriba, emergían los deprimentes búcaros. La mayoría de ellos abarrotados de flores artificiales multicolores, lo que le daba al cementerio un aspecto de comparsa permanente. En estos muy coloridos parques descansaban los muertos, bajo tierra, entre cuatro paredes de concreto. Nadie sabe sí está prohibido o no, el caso es que no se pueden construir panteones ni levantar monumentos. Pero todo el mundo sabe que se trata de un negocio para poder seguir vendiendo terrenos. Uno de los pretextos más usados era que afeaban la ciudad y que ladrones sin escrúpulos podían ocultarse detrás de los monumentos, y atacar a los viejitos cuando fueran a visitar a sus antepasados. Algunos vecinos, dueños de casas, que habitaban los alrededores de los cementerios apoyaban que se conservaran como planicies, todo porque, según ellos, los desamparados podían cogerlos como refugio. Máximo estaba en contra de aquella arbitrariedad. Guardaba muy vivas en su memoria imágenes del cementerio de Colón en La Habana al que consideraba una obra de arte. Pero para los negociantes y políticos de Miami el arte, además de obsceno, es cosa de locos y representa sacrificio y no dinero. Por eso Máximo aspiraba a morir en Cuba. A que lo enterraran, bajo los desmesurados árboles, allá en Zapata y 12, en el cementerio de Colón, que guardaba parte de la historia de su familia. En aquel lugar donde se recreó mirando los monumentales panteones y las enmohecidas esculturas que sobrevivían a todos. Muchas veces cuando iba con su tía camino al osario donde se guardaban los huesos de su abuela, leía los apellidos de García y Ledón grabados sobre el tiznado mármol de panteones centenarios. Allí se pasaba horas entre las tumbas que los hombres se empeñaban en construir en su afán porque no se les olvide. Pepín se burló de él y lo tildo de altanero el día que le confesó su deseo, asegurándole que cualquier lugar era bueno para podrirse. Pero Máximo era fiel a su nostalgia, quería que lo enterraran allí, junto a los que vio enterrar, junto a los que vio pasar por la calle 12 hacia las inmensas verjas. Cerca de la acogedora y presumida capilla donde acompañó a sus muertos en la última misa. Allí quería podrirse, sumergido entre los monumentos, envuelto en el olor a tierra conocida, cerca del llanto de los suyos, en el único sitio en la isla, que nadie, ni siquiera la dictadura, había podido alterar del todo.

Este lugar por donde transitaban ahora tenía algo en particular, era diferente. Era la parte más vieja de la ciudad. Los flamboyanes y robles que bordeaban la avenida formaban un túnel. Las casas estaban fabricadas sobre riscos por donde trepaban los helechos. Las raíces aéreas habían ensanchado al filtrarse en la tierra y envolvían los troncos como músculos. Las ramas se enlazaban confundiéndose y creaban un ambiente muy acogedor. Apenas se veían las casas ocultas tras los amplios jardines muy bien cuidados. Estas residencias habían sido construidas con distinción en enormes terrenos, y era aquella amplitud lo que le daba elegancia al lugar. Las plantas eran las dueñas del paisaje, las raíces de los árboles levantaban la acera, las enredaderas salvajes forraban las cercas de piedra y las hojas cubrían los caminos que desaparecían entre rejas antiquísimas. Máximo trató de distinguir algún portal entre el follaje pero no pudo. Un lugar parecido era el que había deseado toda su vida para vivir. La naturaleza lo emborrachaba, pensaba que las plantas podían demostrar su agradecimiento, que eran más verdes y crecían con más fuerzas cuando había alguien a su alrededor que las quería.

Cely se corrió sobre el asiento acercándose a su esposo y le puso la mano en el muslo. A Máximo le gustaba que su mujer lo acariciara de improviso, cuando no lo esperaba. Le apretó la mano y aprovechó para acomodar la pierna que empezaba a adormilársele provocándole un irresistible cosquilleo.

—Sabes una cosa, estaba pensando en Malabar. Este lugar me lo recuerda, hay tanta tranquilidad aquí —dijo Cely como saciándose.

—Yo también estaba pensando lo mismo. Es raro que Víctor no haya pasado por la casa en tanto tiempo. Siempre nos visita cuando viene a comprar plantas a Miami.

—Acuérdate que tiene un negocio que atender y últimamente tenía mucho trabajo... ¿Cuándo tú coges vacaciones?

—El mes que viene.

—Vamos a planificar para pasarnos dos o tres días por allá, nos los merecemos —le dijo Cely mientras acomodaba la cabeza sobre su hombro.

Máximo sentía el cambio cuando visitaba Malabar. Allí el silencio es distinto, es duro, se puede ver caer, está relleno de olores. Cuando la neblina se desplaza, a veces, cambia de color tomando su piel el tono del lugar donde se posa. En Malabar las nubes bajan tanto que se oye el leve chapoteo que entonan al hundirse en las copas de los escasos pinos australianos. La naturaleza con su verdor revienta en todas partes con dulzura. Por eso le gustaba ir a visitar a su amigo Víctor. Se habían conocido en los Estados Unidos pero a pesar de la corta amistad se llevaban muy bien. En esos primeros días que Máximo necesitaba un buen amigo él le dio su apoyo sin pretensiones. Víctor lo enseñó a desenvolverse en el nuevo país y a conocer cuáles eran las nuevas limitaciones. Los dos vivían bajo la misma añoranza y aferrados a mantener vivas sus costumbres por sobre todo. Máximo cada vez que tenía una oportunidad iba a visitarlo. Eran tres horas de camino por carretera. Aquel viaje representaba huir de la ciudad, poder ver el cielo de noche completamente iluminado, como mismo lo veía desde la Loma del Dudo cuando se ponía a cazar estrellas fugaces sentado sobre la hierba. Miraba los serpenteantes caminos de la Vía Láctea, los mismos que los mayas reflejaron sobre la tierra para sus constantes peregrinaciones. Víctor le confesó que había salido huyendo del bullicio y el espanto con que se vivía en Miami. Había superado esa vanidad que padecen muchos de no poder vivir si los demás no saben cómo viven. En Malabar calmaba su ansiedad. Se sentaba bajo la sombra de un roble en el patio de la casa de Víctor y se recreaba mirando las matas de mar pacífico que crecían despavoridas formando una cerca. La obstinación de Víctor de sentirse rodeado de un ambiente parecido al de Cuba, lo hacía viajar a Miami en busca de árboles frutales que compraba a los guajiros en los campos de Homestead. Luego los sembraba en el tremendo patio que tenía en la casa. Su afán de verlos crecer se desvanecía con el invierno. Como eran casi todos árboles tropicales no resistían las frías temperaturas. Hacía todo lo que estaba a su alcance para salvarlos, pero el resultado final era otra visita a Miami para comprar más. En sus viajes esporádicos para abastecerse de nuevas posturas pasaba por casa de Máximo. Cuidaba con celo todas sus matas. Tenía de naranjas, mamey, diferentes tipos de mangos, plátano, chirimoyas, guanábanas, mamoncillos, frutabomba, aguacate, anón, esta última era sólo un gajo raquítico, pero él afirmaba que el color que conservaba era señal de que permanecía con vida. También cultivaba, en alineados canteros, algunos vegetales que al final regalaba con disgusto. Su mujer no los preparaba para comer porque decía que les habían echado mucho pesticida. La otra frustración de Víctor eran los papalotes y volvía loco a Máximo, cada vez que lo veía, preguntándole donde podía comprar un papalote cubano. Cuando se convenció de que no iba a poder conseguirlo, después de haber recorrido todas las tienduchas de la calle 8, lo fabricó él mismo con unos güines de caña que encargó a Jamaica. Pero nunca estuvo conforme porque, según él, no empinaban igual que los de Cuba, lo que justificaba diciendo que se debía a la humedad que existía en la Florida. A Máximo le encantaba que lloviera cuando estaba en Malabar. Desde la terraza oía las gotas tronar contra las pencas del *sabal palm*, desde donde el sonido provocador se desplazaba como un repiquetear de maracas. Cuando escampaba se internaba en los pinares, siempre atento a las serpientes que pululaban entre el follaje. Se ahogaba en aquel verdor, en la quietud que desbordaba la tierra. Al caminar, rompía los ingeniosos tejidos de las arañas que esperaban pacientes por algún bicho. Los insectos huían a su paso, los abejorros iban de una flor a otra mamando glotones. Allí en Malabar, bajo la siniestra paz de la naturaleza, Máximo encontraba la tranquilidad que necesitaba. Y aunque nunca se había percatado, jamás estando allí pensó en el suicidio. Sufría con Víctor, que añorando el día en que pudiera volver, se le aguaban los ojos cuando hablaba de Cuba.

—No me quiero morir —decía— sin haber podido empinar un papalote encaramado en el muro del malecón de La Habana.

La Ermita de la Caridad tenía un paseo muy bonito que adornaba la entrada. Las palmas reales, cargadas de palmiches, crecían haciendo un cerco alrededor del templo. A todo lo largo del paseo las frondosas matas de capulí y tamarindos esparcían su sombra sobre la calle hasta la misma escalinata. Los cubanos de alguna manera querían que aquel lugar sagrado representara a Cuba. A un costado se habían fabricado casuchas con techos de guano muy típicas de la isla. Allí festejaban, por todo lo alto, los días de la Caridad vendiendo lechón asado y arroz congrí. Una vez, en el escenario donde se hacían las vigilias y tocaban los grupos canciones religiosas, se montó una exhibición de balsas donde varios cubanos escaparon de la isla. Algunas habían sido encontradas a la deriva, por pescadores, cerca de las costas de Miami. Muchas todavía conservaban objetos que se usaron en la travesía. Entre otras cosas: bombas de aire, pomos plásticos, jarros, cuchillos mohosos, sogas, remos y anzuelos de construcción casera. Era casi imposible aceptar que alguien pudiera atravesar el Estrecho de la Florida en uno de aquellos artefactos. La ilusión, la fe, estaban allí entre los trozos de palos entrelazados, atados con sogas o unidos en las caladas puntas por gruesos tornillos.

La Ermita no era muy grande, su construcción circular terminaba en una cúpula donde se levantaba una cruz muy original. Una variedad muy rara de rosas adornaba el jardín a ambos lados de la escalera principal. Algunos tallos espinosos rozaban la superficie del muro donde descansaba, recién pintado, el pasamanos de aluminio. Allí, como en todas las iglesias, el silencio existía. La paz que cargaba el ambiente se reflejaba en el rostro de los visitantes. Los resabios congénitos, la grosería habitual, pan de cada día en las calles de la ciudad, se hacían imperceptibles en aquel lugar. Todos miraban al altar inmersos en sus problemas, seguros de que iban a ser escuchados. Unos pedían por sus hijos, otros por ellos, muy pocos por los demás. La fe estaba allí, volvía en las confesiones, en los arrepentimientos. Alguien que había olvidado que era vulnerable rezaba de rodillas, pedía menos sufrimientos, quería ser escuchado más allá del silencio. La esperanza que brinda la fe al menos allí se podía encontrar.

Máximo dejó a propósito los pétalos en el carro, no porque los hubiese olvidado. Mantenía muy presente lo que debía hacer con ellos, por eso miró al mar tan pronto se bajó del carro.

Cely no esperó por nadie y salió caminando con la pucha de flores en la mano. Al poco rato fue que Mario hizo su aparición con el juego de video en la mano y miró a su alrededor tratando de reconocer el lugar donde se encontraba. Sin hacer ningún comentario salió agitado detrás de la madre. Máximo aseguró el carro y sin mucho apuro los siguió.

Mario se acomodó en el primer banco que encontró al entrar a la iglesia y prosiguió su rescate. Fue al primero que vio su padre cuando se paró en la puerta. Más tarde localizó a Cely arrodillada sobre el banquillo en el lugar de las ofrendas, donde había depositado las flores junto a muchas otras. Un muy visible cartel pedía: "Ofrece a la Virgen en vez de flores comida para los pobres". Se quedó un rato sin moverse mirando a la Virgen de la Caridad. Por pena no se arrodilló ni se persignó. Como siempre que entraba en un recinto religioso estaba seco, nervioso, y sin muchas pretensiones habló en su interior dirigiéndose a la milagrosa Virgen.

—Cómo te diría... no sé ni qué te voy a pedir, se supone que tú lo sabes todo. Bueno, si es que puedes oírme entre todos estos pedigüeños, concédeme un poco de tranquilidad, de ganas de vivir. No sé si sabes que nada me motiva alegría. Lo único que me entretiene un poco es salir a pescar... mira, si no te trae muchas complicaciones, mándame un poco de tiempo para irme de pesquería y pon tu mano para que el tilo que me tomo para dormir me haga efecto, porque ya ni con somníferos concilio el sueño. Me paso toda la noche mirando al techo. No sé si sabes del elefante que ahora viene a dormir todas las noches a los pies de la cama, no es muy grande pero a veces me asusta. Si puedes, de alguna manera, déjame saber de dónde rayos ha salido ese animal. En fin, no sé si será mucho pedir, si crees que me merezco un poco de tranquilidad ponla en mi camino, con eso me conformo...

No estaba acostumbrado a hablar sin recibir respuesta. No podía encauzar de una forma coherente aquella aglomeración de ideas en la cabeza. No oró más, fue y se sentó cerca de Cely frente al altar. No sabía rezar, nadie le había enseñado una forma en particular para dejarle saber a Dios sus confusiones.

—Habla con él como te parezca, dile lo que sientes, Dios nos entiende a todos. Lo importante es que lo hagas con fe —le decía su madre cuando niño y nunca lo olvidó.

Sus padres eran católicos. No podía recordar la primera vez que fue a la iglesia, pero sí cuando hizo la primera comunión. A su madre frente al altar mayor con la cara cubierta con un velo. Nunca se pudo aprender el padre nuestro de memoria. Le inventaba historias al cura cuando se confesaba y después en la misa se levantaba a comulgar. El destino para él no era otra cosa que la muerte, ir adentrándose en la vigencia de su cauce. Dios para Máximo era las diferentes reacciones y conflictos de la naturaleza. Era lo ilimitado de la realidad, el deslumbre en que lo sumergía la luz y la tristeza con que se aplomaba la tarde desanimándolo. Era el cielo tiznado tras la densa humedad que arrastran las nubes, la explosión de los colores al caer la tarde bajo aquella ceremoniosa actitud con que la contemplaba. Dios era ritmo, armonía, y necesitaba hacerse polvo para penetrarlo.

El mural de Teo Carrasco, que a grandes rasgos reflejaba la historia de Cuba, resaltaba en la pared donde estaba el altar con la virgen. Había dureza en los colores, bien manejados para no hacer lucir sino representar. En el centro la Caridad del Cobre protegiendo del tempestuoso mar a tres náufragos en un achacoso bote. Las manos de un pueblo se levantaban a sus pies suplicantes. El descubrimiento de la isla. Los indios felices, los cuales, como ya ellos esperaban, fueron exterminados por "una gente vestida", que resultaron ser los españoles. La guerra de independencia, Martí, Maceo, Félix Varela, los grandes patriotas que lo dieron todo. El pueblo inconforme de Cuba defendiendo sus honores, hasta el día que llegaron los rebeldes y obligaron a la mayoría a ser conforme.

La luz entraba a borbotones en el recinto, se acumulaba en los rincones haciéndolos brillar. Los bancos de un color oscuro resplandecían como si estuviesen acabados de pulir. Se respiraba el aire salado. Máximo se levantó y ahora sí se persignó arrodillándose en un escalón de la escalera alfombrada que llevaba al altar. Sintió la turbulencia del chorro de luz cuando se acercó a la puerta. Sin detenerse mojó la yema del dedo en un recipiente con agua bendita que había empotrado en la pared y se hizo una cruz en la frente. Mientras caminaba respiró profundo el aire espeso. El parqueo estaba prácticamente vacío, pero no faltaba mucho para la misa del mediodía. Sigiloso sacó del carro los pétalos que guardaba en el portaguantes. Fue directo al mar. Pasó junto a un pino talado con un cartel que decía: "Lugar de Oración". Esa parte del terreno que daba a la bahía estaba protegida por un muro de concreto, donde los visitantes se sentaban a disfrutar el paisaje y la brisa. La marea estaba baja y los hierbajos del fondo fangoso casi tocaban la superficie. El mar salpicaba el muro, dejando a lo largo de toda la orilla una estela espumosa. Máximo se sentó en el muro y prendió un cigarro. No muy lejos de él unos ancianos oraban cabizbajos. La hilera de balizas que marcaba el canal de entrada y salida al palacio Vizcaya bordeaba la orilla, donde las corúas reposaban. Si se acercaba un poco a la cerca podía ver el patio de la casa señorial. Los cayos de Crandon Park y Biscayne eran confusas manchas entre la bruma, donde apenas se distinguía el boscoso litoral de pinos centenarios. El cielo era más gris sobre los edificios que se divisaban de la ciudad, más allá del puente que unía la península con los islotes. Máximo conocía bien aquel lugar. En los meses de invierno lo recorría de punta a cabo cuando llegaba la corrida del camarón. Se levantaban del fondo de la bahía algunos días de luna llena. Los puentes se llenaban de pescadores con jamos y faroles. Infinidad de botes, equipados con redes y apuntando con reflectores al agua, maniobraban en contra de la corriente, cuando salía la marea, sobre la nata de camarones en que se convertían las aguas. Atraídos por la luz, con los ojos centellando como cocuyos, se acercaban a los botes donde quedaban atrapados en las cónicas redes.

Máximo abrió el cartucho y con disimulo fue dejando caer los pétalos bien pegado al muro. Estos se fueron esparciendo por la superficie con el vaivén de las olas. Buscó con la vista alguna brujería, pero no encontró nada en particular salvó unos quilos prietos que brillaban entre las piedras. El olor rancio de los capulíes llegó hasta él cuando el sol comenzaba a quemarle el cuello. Respiró profundo dos o tres veces. Ya había cumplido con su despojo, allí dejaba en el mar su salación, aquélla era su oración. Se levantó mirando a los ancianos y se alejó del muro. Si algún extremista protector del medio ambiente lo veía, sólo por congraciarse, podía acusarlo de contaminar las aguas de la bahía botando desperdicios y le podía costar bien caro. Se acordó de como arrojaba las brujerías al mar en el malecón de La Habana sin ninguna dificultad y descuidadamente. Fue allí varias veces a deshacerse de alguna. Bajaba el muro y desde los arrecifes, amparado por la oscuridad, la tiraba como a una piedra al quejumbroso mar. Allí vio muchas sobre el diente de perro, gallos degollados con cintas rojas, palomas blancas decapitadas y destripadas con fotos en su interior, mazos de hierba que flotaban en las apacibles pocetas. Un día llevó a su madre a Piedras Altas, al este de La Habana, a tirar una, que después supo, le había mandado a preparar a Rosario la Bruja para que lo librara del Servicio Militar Obligatorio. Desde uno de los acantilados la vio caer sobre las rocas. De regreso, sentados en el asiento de atrás de la guagua, cocinados por el calor que expelía el motor, su madre le contó la vez que vio a Santa Bárbara, cuando atravesaba con su hermano Florencio el descampado terreno de Bacallao. Habían ido a buscar un mandado a casa de su abuela. Era una niña, apenas tenía diez años y su hermano doce. Estaba anocheciendo y cogidos de la mano se apuraban por llegar pronto. Entonces vio unos caballos que se acercaban por el camino. Al principio no se distinguía bien y no se asustaron, podía tratarse de una carreta o de alguien que paseaba por la finca. Se tiraron a tierra cuando se dieron cuenta que le venían encima a todo galope. Se acurrucaron aterrorizados entre los matojos, pero ella levantó la cabeza cuando ya supuestamente los caballos pasarían sobre ellos. Entonces vio a la virgen sobre un corcel hermosamente blanco que la miraba sonriente, con una mano en las riendas y la otra en la empuñadura de la espada. El viento le batía el pelo largo y negro que le llegaba a la cintura, su rostro reflejaba poder, fuerza, valentía. Dos ángeles a ambos lado la iban custodiando. Fefa cerró los ojos cuando la polvareda los cubrió. El seco estruendo de los cascos al golpear la tierra pasó y se hizo silencio. Cuando se incorporaron nada había a su alrededor. No pararon de correr hasta la casa. Todavía asustados, le contaron lo que había pasado a su padre que no les creyó. Máximo sí le creía y le hubiese gustado enfrentarse algún día a una aparición similar, a la sonrisa con que obsequió la virgen a su madre aquel anochecer.

Cuando salieron de la Ermita fueron a tomar helados a una heladería muy famosa en Coconut Grove. Pasearon las tiendas y los tres se compraron trusas para la temporada de playa. Cely se daría cuenta más tarde cuando se la probara que no la iba a poder usar, la mitad de las tetas le quedaba al descubierto. Ya entrada la tarde llegaron a Hialeah.

—¿Dónde está la ciruela?—le preguntó Máximo a Cely tan pronto abrió la puerta de la casa.

Corrió la cortina del patio y se sentó en el sofá a quitarse los zapatos. Su mujer, después de haber trasteado en el refrigerador, se acercó a su esposo con una minúscula ciruela pintona en la mano. Máximo sonrió emocionado, se incorporó y la olfateó. Reconoció el olor. La mata de ciruelas que había en la finca a donde iba con su padre le pareció que se sacudía a su lado. Su infancia crujió al caer sobre las losas. La pinchó con los dientes y el jugo le hizo la boca agua. Entonces creyó estar descansando bajo la carolina mirando hacia la casa de Rosario la Bruja. Sintió olor a placer, a mangos maduros, a champola, a zumo de limón. El olor peculiar de los canisteles, amarillos como la yema de un huevo, que llevaba a su abuela. Recordó cuando, después de haber saboreado las mangas blancas en la arboleda, caminaba por el trillo de la finca sacándose las hilachas de entre los dientes. Sintió como le ardían los labios de rechupar las semillas.

Salió al patio masticando, mordía despacio, quería saborear lo más posible aquella reaparición. Aretino a su lado meneaba el rabo dándole la bienvenida. Era una tarde sosa, otra vez reventaba sobre los techos detrás del placer. Si al menos hubiera llegado a ser pintor podría fijarla para siempre a un lienzo. El sol, representando la inquietante caída de todo, se hundía al fondo chorreando las nubes de un color naranja intenso. Cauteloso en los bordes un color gris que anunciaba la noche se iba babeando sobre las nubes más altas.

X

El cuarto estaba iluminado como nunca. En la cama sin tender, a través de la fina sábana, resaltaban las manchas prietas del colchón. Cada día eran más y a Dulce le llamaba la atención como aparecían sin ella darse cuenta. Sí notó que las partes manchadas se pulverizaban con sólo tocarlas. Por esos huecos, cuando se acostaba, la guata endurecida se asomaba formando pelotones. Ya había hecho todo lo posible por mandarlo a forrar, pero un tapicero que le recomendó su tía Zoila le pedía que llevara la tela. Y en bolsa negra ni siquiera un pedazo de lona se conseguía. Si al menos tuviera una aguja, con unos retazos de tela, como ya había pensado, ella misma podía hacerle algún remiendo. Una vecina le sugirió que hablara con los descamisados, los muchachos se dedicaban a todo tipo de tráfico. En el mismo edificio proponían a diario productos que habían desaparecido de las tiendas hacía mucho tiempo. Pero Dulce, independientemente de que no los resistía, no confiaba en ellos. Se rumoraba en el vecindario que eran chivatos a sueldo. Nadie les conocía un trabajo fijo, la policía no los molestaba, estaban en edad militar y no habían sido llamados a cumplir. Eso era suficiente para desconfiar. Por sólo abandonar los estudios, lo que para la Seguridad del Estado significaba convertirse en un ciudadano peligroso, muchos jóvenes eran confinados a una granja de trabajo forzado.

Y no se equivocaba, los descamisados eran policías pagados por el gobierno para que vigilaran a los vecinos de toda la cuadra. Se reunían con la juventud para conocer sus ideas y luego advertir a la Seguridad del Estado. Debían informar sobre cualquier incidente o persona que les pareciera sospechoso.

Grabar en la memoria los comentarios inadecuados en las frecuentes colas. No perder de vista a quienes se dedicaban a la compra y venta de artículos en bolsa negra y si alguna casa en particular era visitada por desconocidos. La sospecha sobre los descamisados comenzó cuando una vecina del edificio fue descubierta, después que compró azúcar de contrabando. Había comprado cinco libras por una ganga, porque según el vendedor estaba mezclada con limallas de acero. El traficante le explicó que era parte de un lote saboteado en los muelles, por no se sabe quién, antes de ser embarcada. La vecina se pasó horas extrayéndole las partículas. Esparció el azúcar sobre una tela en la mesa y minuciosamente la limpió valiéndose de un imán. El mismo día, cuando se disponía a preparar un dulce, un policía se apareció en su casa y se la confiscó. La señora asustada le dio el azúcar y más tarde fue citada a un juicio popular. Allí después de ser martirizada con una tremenda arenga, ante los expectantes vecinos, sólo la multaron por no ser reincidente. Fue uno de los descamisados el que le presentó al contrabandista.

La humedad había disminuido y el polvo se aglutinaba en el viento. Por eso mismo la coriza hacía tiempo no la molestaba. Como nunca, respiraba por la nariz sin ninguna dificultad. Se veía feliz frente al fregadero mientras restregaba los cacharros sucios. Sobre la meseta, en un jarro con agua, las ramitas de tilo que le había dado Fefa, caían mustias sobre los azulejos. En el reverbero comenzaba a burbujear el agua, donde sancochaba unas papas con las que pretendía hacer una sopa sin fideos; más tarde terminaría preparando un puré. Las yemas de los dedos le ardían de frotar el metal con un pedazo de esponja.

—Qué falta me hace un estropajo de aluminio —pensó en voz alta.

Aquel hollín impregnado en el fondo de la cazuela se resistía con todas sus fuerzas. Había intentado arrancarlo con arena y con piedra caliza, pero sus esfuerzos fueron infructuosos. Le gustaban las cosas limpias y el no poder desprender aquel tizne la hacía sentirse incómoda. El sudor le humedecía la frente, pero la luz que se apretujaba en el cuarto la sumergía en una alegría que parecía vibrar en el resplandor. A todo volumen una canción popular roncaba a través de la vieja bocina del radio en una casa vecina. Apretó los labios como si saboreara el pegajoso ritmo y zarandeó las nalgas. Sus movimientos cuando bailaba eran inimitables, sabía ajustar su cuerpo al ritmo sin exageraciones, sin torpezas. La canción era interrumpida esporádicamente por el ruido que arrastraban los vehículos que cruzaban la calzada. Dulce enjuagó la cazuela en el débil chorro de agua, la levantó sobre el fregadero para que se escurriera y luego la colocó sobre la meseta. En ese instante un poco de saliva se le escapó por la comisura de los labios, pero con un movimiento rápido de la lengua la atajó. Con el cucharón revolvió un poco las papas y el agua dejó de hervir. Dudosa de si le había echado sal cogió el cartucho en la mano, meditó unos segundos y lo colocó de nuevo en su sitio. Fue a la ventana y tendió en el marco el paño húmedo con que se secó las manos. La luz del sol centellaba en los zines que poblaban el techo del edificio vecino. Se percató que la destartalada jaula donde sobrevivía la paloma estaba vacía y se empeñó en tratar de recordar cuándo fue la última vez que la vio revolotear detrás de la tela metálica. Luego miró con disgusto la espesa columna de humo que expulsaba al cielo la torre de una fábrica.

La algarabía en la radio se apagó bruscamente. La mañana en ese momento se distinguió por el silencio y Dulce pudo escuchar claramente ese martillar incesante de la quietud en sus oídos. Se disponía a tender la cama cuando tocaron a la puerta.

—¿Quién es? —contestó Dulce al toque.

—Soy yo, Teresa.

Dulce reconoció enseguida la voz de la presidenta del comité y susurró molesta entre dientes.

—Qué querrá tan temprano.

Cuando se asomó a la puerta, sin abrirla del todo, había un muchacho junto a la presidenta con rostro familiar.

—Este joven anda preguntando por ti.

—No te acuerdas de mí, yo soy Gabi el ahijado de Fefa —interrumpió el muchacho mandando una señal a Dulce.

—Sí, cómo no, me has sorprendido, no esperaba tu visita... Gracias Teresa —terminó diciendo Dulce dirigiéndose a la vecina que no se decidía a marcharse.

Por eso le tiró la puerta en la cara tan pronto el muchacho puso un pie en el cuarto.

—Perdona que haya llegado tan temprano —dijo Gabi apenado.

—No te preocupes, pasa y siéntate pero no te fijes en el reguero, estaba recogiendo cuando tocaron... Esa señora es la presidenta del CDR, como ves no se le escapa una, está en todas.

Mientras hablaba tendió la cama con rapidez. Su estado de ánimo se alteró por completo. La torpeza al desplazarse ponía al descubierto el nerviosismo que la embargaba. Ya se había adaptado nuevamente a la rutina que ocupaba sus días y el encuentro con Fefa en el reparto La Chorrera era algo lejano. En realidad ya estaba convencida de que era poco probable, que alguien que no la conocía, la fuera a incluir en un plan tan peligroso. Para que cualquier plan de fuga de la isla no fracasara, lo más prudente era no contar con personas desconocidas y mantenerlo en el más profundo secreto. Se movía indecisa, abochornada porque le vieran la casa virada al revés, como decía ella misma exagerando siempre el mínimo desorden. No atinaba a otra cosa sino a recoger todo lo que creía fuera de lugar, movía cuanto tareco encontraba a su paso cambiándolo de posición, sopló el polvo que supuestamente empercudía el reloj de cuerda que se había detenido en las tres en punto, luego con un paño sacudió la cómoda y algunos adornos. Pero a pesar que lo notó, no limpió el polvo que cargaban los pétalos de las flores artificiales apretujadas dentro del búcaro. Al pasar por la puerta del baño la cerró.

—Por qué no conversamos un rato, no te preocupes por la casa, todo está muy bien —le pidió Gabi, que aún parado junto a la puerta se impacientaba al verla tan exaltada.

—Siéntate ahí al borde de la cama, no tengas pena —le contestó Dulce que no quería brindarle para que se sentara la única silla desfondada que tenía.

Gabi era flaco. El cuerpo le bailaba dentro del uniforme de trabajo desteñido que llevaba puesto. Era alto pero el ancho de su espalda era casi igual al de la cintura, por lo que sus amigos lo comparaban a menudo con una vara de tumbar mangos. Estaba pelado a lo alemán y una cicatriz que le llegaba hasta la frente, acentuaba una raya muy blanca y casposa en el lado derecho de la cabeza. Pero era menos feo que su hermano Pepe, como pensaría Dulce más tarde. La sonrisa era bonita cuando forzaba con ganas sus labios gruesos, lo que provocaba que sus castaños y brillosos ojos se le achinaran. Pero cuando mostraba los dientes, como hizo al momento de sentarse, en muestra de agradecimiento el gesto se tornaba inquietante y triste.

—No sabes cómo me arden las manos de restregar la cazuelas —dijo Dulce lamentándose—, no hay forma de conseguir un pedazo de estropajo de aluminio... Mira estas manos cómo están, dan vergüenza.

Fue donde Gabi y le enseñó las manos sudadas. El muchacho las miró. No eran unas manos tan maltratadas como decía, eran lindas, de dedos largos. Pero ahora no las compartía con nadie y esperaban sin descanso una caricia.

—Perdóname, pero estoy nerviosa y no atino más que a hablar boberías.

Dulce fue a la cocina y se agachó a limpiar el piso frente al fregadero. La tela fina de la bata de casa se le pegó al fondillo y Gabi fijó la mirada en la sombra que marcaba la entrenalgas. Luego agitó el trapo para espantar las moscas que como nunca se paseaban sobre la meseta. Miró con desagrado el cable de la luz, allí las moscas se congregaban como las abejas en una colmena, pero no se atrevió a alborotarlas.

—Por qué no te sientas y conversamos —le pidió Gabi mirándola a los ojos cuando se volvió hacia él.

Por primera vez Dulce se enfrentó al rostro del muchacho y fue entonces que le pareció conocido. Se asomó a la ventana antes de ir y sentarse a su lado.

—Te das un aire a Pepe, un amigo de Máximo que conocí. Debes saber quién es si son del mismo barrio.

—Claro que lo conozco, era mi hermano mayor.

—No sabía que Pepe tuviera hermano y mucho menos que fuera ahijado de Fefa. ¿Pero por qué dices era? —tardó en preguntar Dulce cambiando la expresión de su rostro. Entonces se convenció de que no era tan feo como Pepe el Baba.

—En realidad no sabemos mucho de lo que le pasó a mi hermano, pero lo más probable es que esté muerto. Se lo llevaron a Angola a pelear y no volvió. Al principio recibimos dos o tres cartas, pero después silencio total. Un día se apareció un teniente en la casa y entregándole una bandera a mi madre como si se hubiese ganado un premio, le dijo que su hijo había desaparecido en combate. Que debía sentirse orgullosa de tener un hijo con ideas como las del Ché. Que tenía que sentirse como otra Mariana Grajales que sin remordimientos de ningún tipo, mandó a sus hijos a luchar por la libertad de la patria.

—Es horrible, cómo pudo haber pasado eso —fue a lo único que atinó a comentar Dulce.

Gabi no se sentía con deseos de profundizar en el tema. Pensar en que la revolución había tronchado la vida de su hermano, en la soledad que había muerto lo ponían muy mal. Por eso no le dio detalles. De una movilización de rutina Pepe no volvió, la familia se enteró donde se encontraba, un año después, cuando recibieron una carta de él explicándole confusamente lo sucedido. Lo más claro en la misiva era que lo llevaron a cumplir tareas internacionalistas, lo que significaba en realidad ir a la guerra de turno en que estuviera interviniendo el país. La agonía duró años y Gabi fue creciendo con ella. La familia iba con frecuencia a preguntar por Pepe al Comité Militar pero no conseguían ninguna información, bajo el pretexto de que era secreto de guerra, los despachaban. Después de la visita del militar que le comunicó a su madre la desaparición de su hijo (nunca dijo que estaba muerto), Gabi por su cuenta se dio a la tarea de investigar qué le pasó a su hermano. Después de muchos años de esfuerzo logró contactar con algunos que fueron con Pepe a luchar a las intrincadas selvas africanas. Un amigo que estuvo junto a él, el día que Pepe desapareció, le contó la verdad. Aquel atardecer, en la locura de un combate, después de haber sido emboscados, su hermano en la confusión y el desespero de la huida se perdió en la espesa selva. Cuando todo pasó trataron de encontrarlo, pero nunca se halló rastro de él. Según el muchacho, al que Gabi casi emborrachó para que le hablara de aquellos días, lo más probable era que su hermano hubiera caído en manos de tribus caníbales que habitaban la zona. Gabi guardó el secreto y nunca se lo contó a su madre para no hacerla sufrir más.

Dulce para alejar al muchacho del recuerdo que lo desanimaba lo invitó a café.

—Qué te parece si te cuelo café.

—No, no te preocupes. Vamos a hablar de lo que me trajo a tu casa —le contestó con frialdad—, Fefa me dijo que tú estabas interesada en ir conmigo.

Dulce no pudo contener la impaciencia y fue hasta la ventana y miró afuera sacando la cabeza hacia el vacío. La incoherencia con que pasaban las ideas por su mente no la dejaban coordinar y pensó con alivió que si Gabi hubiera aceptado el café se iba a ver en aprietos, porque apenas le quedaba alcohol para terminar la sopa.

—Sí, claro que sí —dijo un poco alocada y se volvió a sentar a su lado—, pero habla bajito que las paredes tienen oídos.

—Todo lo tengo planificado para dentro de unos días.

—¿Tan pronto?

—Si no me he largado antes, ha sido por ti. Dale gracias a mi madrina porque no me complacía mucho la idea —dijo con sinceridad.

Dulce estuvo callada un momento, pero el silencio le molestaba, era duro, le entumía el cuerpo, por eso no tardó en preguntarle:

—¿A quién más llevas contigo?

—Sólo tú y yo. El bote no es muy grande, además no se puede confiar en nadie. Ten todo preparado, yo vendría por ti el día de la salida, la semana que viene debes mantenerte aquí todos los días después de las cinco de la tarde. Lleva lo menos que puedas y no te preocupes ni por agua ni comida, yo me ocupo de todo eso. De más está decirte que no hagas comentarios con nadie, nos puede costar caro a los dos.

Dulce tuvo intenciones de preguntarle por qué no llevaba a su familia, pero se cohibió. La seriedad de Gabi, la fuerza en sus palabras, la falta de nervios, su calma, la hacían sentirse segura. Pero ahora le parecía que el día relinchaba sobre ella, la luz en el cuarto se había convertido en un bloque que la aplastaba, el miedo comenzaba a treparle al cuerpo halándole las piernas, la soledad y la ansiedad volvían a golpearla ocupando el tiempo a su alrededor.

Tocaron pausadamente a la puerta, sin la algarabía de la vez anterior.

—Otra vez —exclamó Dulce molesta y se dirigió impulsiva hacia la puerta.

Se disponía a abrir cuando se repitió el toque y se molestó más. Allí estaba Teresa nuevamente. Dulce no abrió del todo y la mujer se despetroncaba tratando de mirar para adentro.

—Oye, perdona que te moleste pero vengo a decirte que llegó el ají, si no te apuras posiblemente tengas que esperar hasta el próximo mes. Muévete, porque aunque es por la libreta, ya me informaron que vino muy poco.

—Gracias, pero ahora no me puedo mover de aquí, tú sabes que tengo visita —le respondió Dulce sin poder ocultar que estaba molesta.

—No te pongas brava, sólo vine a hacerte un favor, pero acuérdate que el ají se acaba.

—Si se acaba, que se acabe, me voy a acabar yo.

Dulce cerró la puerta con furia. Teresa lograba incomodarla a veces con sus imprudencias. Era relevante el caso de esta señora. Nadie sabía, aunque muchos notaban algo raro en su mirada, que no era una mujer. La presidenta era en realidad el presidente. Un homosexual que había pasado toda su vida representando a una mujer. Uno de los pocos que pudo mantenerse en el anonimato después de las purgas de los años sesenta, llevadas a cabo por los machos rebeldes en contra de los homosexuales. Nadie podía precisar su edad, la forma en que se conservaba confundía. Eran tan naturales sus movimientos, su postura, su sentimiento femenino, que no podía decirse que representaba el papel de mujer, lo era. Los que la conocían la trataban como tal y ella recibía los halagos como toda una señora. Nadie había podido descubrir su verdadera personalidad, ni siquiera la Seguridad del Estado con su aparato de persecución sofisticado. Su cuerpo no emitía sospechas, el pelo, su gracia y sus modales atraían a los hombres de la cuadra, de noche hacían guardia en las azoteas vecinas, tratando al menos de verla desnuda. Algunos, entre ellos los descamisados, se habían pasado con ella. Muchas mujeres sufrían de celos y los disgustos matrimoniales por su culpa eran muy frecuentes en el vecindario. Teresa estaba casada con un policía y eso despistaba. Su marido era un macho corpulento y enigmático que las mujeres que lo conocían catalogaban como un tipazo de hombre, entre ellas Zoila. Teresa, a su misteriosa edad, todavía atraía con sus movimientos, sonreía a los piropos pero respetaba a su marido, para todos era una mujer intachable. Los vecinos la mantenían distante por ser la presidenta del comité, lo que significaba estar por seguro en concubinato con el gobierno. Hacía todo lo posible porque la tildaran de chismosa, porque dudaran de su sinceridad, ése era el escudo para mantener inteligentemente a todos lo más lejos posible de su vida.

—¿Tú crees que se pueda vivir así? —dijo Dulce indignada—. En donde quiera que te metas no tienes privacidad.

—Por eso hay que irse, ésa es una de las cosas por las que queremos largarnos. ¿No?

Gabi tenía razón, estaban cansados de vivir ocultando todo de todos. No se podía ser inconforme en la isla y era peligroso no mantenerse siempre alabando las tragedias.

El día continuaba alegre, la luz del sol seguía recorriendo las paredes y ahora un rayo partía el marco de la ventana al medio. El cuadro de luz daba sobre la pared cerca del techo y se veía con claridad la empobrecida cal que cubría las paredes. Un bando de gorriones, en un agitado vuelo, se desparramó sobre el techo del edificio vecino, donde algunos con rápidos aleteos se atrincheraron en las grietas de la pared. Gabi no se distrajo en mirar, pero ella sí los observó por un rato. El tronar incesante de las cornetas de los carros en la calle hizo que Dulce se asomara a curiosear. El tráfico se había interrumpido en la calzada, pero no alcanzaba a ver cuál era el motivo. Un choque seguro, pensó. Reconoció a su tía que venía caminando por la acera. Zoila la vio en la ventana y le mandó un saludo agitando la mano.

—Otra visita. Mi tía viene subiendo las escaleras —dijo dirigiéndose inquieta al muchacho.

Entonces me voy, ya sabes lo que tienes que hacer. Cualquier problema déjamelo saber de alguna manera.

—No tienes que irte, mi tía es una bella persona.

Dulce sabía que Gabi no tenía tiempo ya de escapar antes de que su tía llegara. Zoila se desplazaba muy rápido pero sin perder nunca la elegancia en su andar. Parecía estar siempre apurada y a veces se golpeaba las piernas y los muslos con los muebles, donde aparecían moretones, para ella incomprensibles y misteriosos, los que achacaba ingenuamente a la mala circulación. Ya Zoila había subido las escaleras y los dos sintieron antes del toque en la puerta el rugir de los tacones por el pasillo. Dulce abrió y dejó a su tía con la mano en el aire cuando se disponía a tocar por segunda vez. Desde el pasillo Teresa miraba la escena. Zoila sonrió y besó a su sobrina. Olía a jazmín y como siempre venía muy bien vestida. Entró al cuarto protestando.

—Un día le voy a decir algo a esa mujer, no hay una vez que venga aquí que no me encuentre primero con ese bicho husmeándolo todo. No tiene nombre lo de esa chismosa. Por qué no compensa de vez en cuando poniendo de guardia a su marido... Ah, pero tienes visita —terminó diciendo socarrona cuando vio a Gabi de pie dispuesto a marcharse.

—Sí, un amigo mío. Gabi ésta es mi tía.

El muchacho, que se había mantenido todo el tiempo tenso ante la presencia de Zoila, sonrió y le extendió la mano.

—No sabes cuánto me alegro de no encontrar sola a mi sobrina. No se preocupe que me voy enseguida y los dejo solos para que sigan conversando —suspiró exageradamente y continuó advirtiéndole a Dulce—. La marquesina de la ventana de tu cuarto está al desplomarse... Dios quiera que no le caiga a alguien en la cabeza.

—Sí, tía, ya lo sé, el edificio se cae a pedazos.

—Bueno, yo me voy, tengo que ir a trabajar —dijo Gabi—, ha sido un gusto conocerle señora.

—Ay, mijo, te compadezco, como están las guaguas... y hay un accidente ahí en la esquina, parece que han atropellado a un ciclista. Vi la bicicleta tirada en la calle, es un manojo de hierros retorcido. El pobre que iba en ella no debe haber quedado muy bien. Yo siempre lo he dicho que esas bicicletas metidas entre los carros es un peligro.

—Yo vine en moto, en cinco minutos me pongo en el trabajo —le contestó Gabi.

—Oh, qué maravilla, tiene motocicleta. Qué felicidad no tener que lidiar con las guaguas. Pero mira, no te pongas bravo, es un consejo que te doy, ten mucho cuidado que arriba de ese aparato la carrocería eres tú.

—La moto no es mía —aclaró Gabi—, me la asignaron en la empresa donde trabajo... y no se preocupe que yo manejo con mucha precaución.

—No te confíes mijo, cualquier desgraciado se lleva una luz roja.

—Bueno tía cambia el tema —interrumpió Dulce.

El muchacho se fue sin muchas despedidas y las dejó solas. Zoila se sentó en la cama y se puso a trastear la bolsa que traía como cartera. Dulce fue a la ventana y vio a Gabi cuando se montó en la motocicleta. Los descamisados curioseaban alrededor de la moto y hablaron algo con él. Dulce esperaba a que mirara hacia la ventana para decirle adiós, pero no levantó la cabeza en ningún momento. Ya todo estaba decidido y no le quedaba más remedio que esperar, aunque lamentaba, gracias a la inoportuna aparición de su tía, no haber obtenido detalles de cómo sería el viaje y en qué condiciones.

—Dulce deja a tu enamorado y atiéndeme por favor, que yo también tengo algo para ti.

—Tía, vas muy rápido. Gabi es mi amigo y nada más. Además, no es mi tipo.

—Nunca digas eso, una nunca sabe, el amor es ciego... Coge, te traje las tachuelas que te prometí y estos chiviricos que compré cuando venía para acá después de hacer una perra cola. No quería llegar con las manos vacías.

—Gracias, tú no sabes cuánto te lo agradezco.

Dulce colocó las tachuelas en la cómoda y mordió un chivirico que sonó ruidosamente al masticarlo.

Zoila registró un rincón de la bolsa y le extendió la mano a su sobrina con un pedazo de cartucho estrujado y húmedo.

—Toma, aquí te traigo unos dinosaurios para que veas que no se han extinguido.

Dulce cogió el pedazo de papel indecisa, segura de que se trataba de una broma. Lo abrió dudosa y le preguntó a su tía sorprendida.

—¡¿Y esto qué cosa es?!

—Aceitunas mi hijita, aceitunas... es decir los dinosaurios que tú pensabas ya habían desaparecido.

Dulce las miró por un momento y luego las puso dentro de un jarro que sacó de un estante de la cocina. Le llamó la atención aquel verde y se imaginó entonces cómo podían ser unos ojos color aceituna.

—Cométela, para que veas qué sabrosas son.

—No, ahora no, más tarde.

—¿No tienes qué salir a ningún lugar? —preguntó Zoila, con deseos de seguir conversando.

—No. Vino el ají por la libreta pero no tengo ganas de hacer colas.

—Oye, deja esa manía tuya de no hacer colas, porque si quieres comer hay que hacerlas. Más fistas y refistoleras que tú las hacen sin chistar. Sigue bobeando y no te alimentes que vas a coger una enfermedad perniciosa que no te va a salvar ni el médico chino.

—Tía, por favor no empieces a regañarme, que yo sí me alimento, todos los días cocino. Mira, ahora mismo estoy haciendo un caldo, sí esperas te puedes tomar un plato.

—No, estoy invitada a comer hoy.

—Sí, ¿quién te invitó?

—Un matrimonio argentino muy buenos amigos de Marcelo y mío.

—Tía ten cuidado con esas relaciones tuyas con los extranjeros, porque un día puedes meterte en un problema. No vas a ser tú la primera que va presa por relacionarse con la gente de afuera.

—Son mis amigos, no es ilegal hacer una amistad con alguien aunque venga de la Cochinchina.

—Tú sabes que te hacen un número ocho si te quieren joder.

Dulce fue a revolver la sopa y Zoila miró hacia la cómoda donde había visto la carta para Máximo en su visita anterior. Ya no estaba allí, Dulce la había guardado en la gaveta.

—¿Has sabido de Máximo? ¿Le mandaste la carta?

—No, no me he ocupado más de eso —mintió Dulce.

—Me parece muy bien, es una locura.

—Tía, ya la sopa casi está, por qué no tomas un poquito, es de papas.

—No, no insistas. No me voy a enchumbar el estómago, quiero enfrentarme con la barriga vacía a los camarones.

El calor bajaba del techo y le apresaba la cabeza a Zoila. La frente le sudaba y comenzaba a humedecerle el colorete que le empercudía los pómulos. Se pasó los dedos por los ojos que le ardían, ya antes de salir de su casa se había notado las córneas enrojecidas y se preocupó. Había una epidemia de ceguera en La Habana, las nubes de guasasas tupían el aire de muchas calles de la ciudad, sobre todo al atardecer. Se metían en los ojos y la mayoría de los cubanos pensaban que ese insecto provocaba una asquerosa enfermedad a la que llamaban ceguera, un tipo de conjuntivitis que atacaba a gran parte de la población principalmente en primavera. Los que la padecían amanecían con los ojos empegostados de lagañas e inflamados. La enfermedad producía en los afectados la sensación de tener los ojos llenos de arena. Era muy molesta y altamente contagiosa. Los niños, sobre todo, se contagiaban muy fácilmente. Los fomentos de vicaria blanca estaban a la orden del día.

—Estoy aterrorizada con ese andancio de ceguera que hay, donde quiera te encuentras con una nube de guasasas. No se puede respirar por la boca porque te las tragas —dijo Zoila.

—Todos los días hay una enfermedad distinta, rara, aparecen como por arte de magia —le contestó Dulce.

—Por si las moscas, mañana voy al policlínico.

—No pierdas tu tiempo, tía, y empieza a ponerte fomentos, el médico te va a mandar lo mismo, o como siempre, te recomienda que tomes aspirinas.

La visita fue larga y aburrida, las dos estuvieron mucho tiempo sobre la cama sin dirigirse la palabra. Zoila se marchó sin tomar la sopa que su sobrina le brindó varias veces. Dulce se embelesó y al despertar su tía ya se había ido. Se levantó sudando al atardecer cuando la luz había disminuido en el cuarto y las sombras empezaban a manchar las paredes. Fue directo al baño a lavarse la cara pero al abrir la pila ya el agua se había ido y oyó con desagrado el eructo de las tuberías expulsando el aire. Revisó preocupada el tanque de agua que había olvidado rellenar, pero aún estaba por la mitad, sin ningún problema podría esperar a que volviera el agua. La asustaba quedarse sin reservas, no hacía mucho por una reparación en las tuberías principales, prácticamente toda la ciudad de La Habana había estado sin agua varias semanas. La población se abastecía de los camiones cisternas que aparecían de improviso, donde las colas eran interminables y no alcanzaba para todos. El tráfico se detenía, la calle se llenaba de gentes y las latas y cubos rodeaban al camión, pero muchos regresaban a casa desconcertados con los cacharros vacíos.

Dulce desistió de la sopa y se preparó un puré de papas. Entraba fresco por la ventana y se recostó al marco a comérselo. Se lo tragó sin deseos, sólo con el propósito de calmar las tripas. El cuerpo incomprensiblemente le pesaba cada vez más, un peso que se agigantaba en su interior, como si sus órganos le hubieran empezado a crecer y la hinchasen. Otra vez la inquietud y la inseguridad volvían a sobornarla. El reto había llegado con Gabi y ahora era sólo decidirse a abandonar. La alegraba pensar que iba a huir de aquel atolladero en que estaba enmarcada su vida. Pero la inseguridad después la embargaba y se retorcía indecisa en los recuerdos. Su vida estaba allí en aquel cuarto, en la ventana donde se paraba a ver la tarde, en las grietas que se ensanchaban en las paredes del edificio vecino. Su vida estaba allí en los objetos que llenaban su caluroso cuarto, donde habían transcurrido los días de su fracasado matrimonio. Allí estaban los ratos en que se masturbaba pensando en Máximo y se hundía en el pasado. Pero ahora a la imagen que guardaba de él en su memoria, se interponía el rostro que había visto en la foto que le enseñó Fefa. Ese no había sido el mismo que conoció, que se desnudaba ante ella con el pelo alborotado. Definitivamente ése no era el rostro que había retenido. Pero el cariño aún estaba en ella intacto, podía tocarlo cuando recorría los lugares donde estuvo con él. Todavía puedo ser feliz, se decía a sí misma. Pensaba que todo sería distinto cuando huyera de las tragedias diarias y se llenaba de impulso y valor. Creía que otra tierra le devolvería la tranquilidad de vivir en paz, sin tener que tomar precauciones para todo. Se entusiasmaba cuando pensaba que al fin podría tener un radio, una máquina de afeitar eléctrica, un vestido azul. Que iba a poder mirarse en un espejo de cuerpo entero, que no iba a tener que hacer más colas, que iba a tener la dicha de estar cerca de Máximo.

El aire la despeinaba, soplaba una brisa rica, adormecedora. Se tocó un grano que había comenzado a salirle en la frente y sintió las yemas de los dedos carrasposas, resecas. El calor le presionó el rostro cuando se despegó de la ventana. Fue a la meseta, se echó un poco de aceite de cocinar en las manos y las frotó por un rato. Allí vio las aceitunas en el vaso y cogió una sin mucho entusiasmo. El calor era insoportable, la brisa del norte no lograba entrar al cuarto, titubeaba en el marco y seguía calle abajo. Dulce volvió a la ventana a encontrarse con el fresco. La luz del sol era ahora más esponjosa, se recogía en la calle evaporándose y en los lugares donde se recostaba se hacía pastosa, embarraba en vez de iluminar. Las sombras emergían de los rincones galopando por las paredes. Cada vez eran más anchas. Hacia el oeste, en una parte del cielo, se apretujaban los colores. Mordió suavemente la aceituna. La saboreó con cautela pasándole la lengua, pero la escupió en la mano con asco y desconcierto. En aquella cáscara de un color tan lindo, salvo un sabor desconocido, no había nada para ella.

XI

El día se iba retirando del cuarto a través de las cortinas. Por entre el galán de noche Máximo miraba como la tarde jadeaba, encharcando las hojas de retorcidos colores. Las ramas zarandeadas por la brisa arañaban la cerca. La sábana no lo cubría del todo. Le gustaba sentir el aire frío que venía del techo, por eso tenía la salida del aire acondicionado dirigida hacia el lado de la cama que él ocupaba. Volteó una de las almohadas donde apoyaba la cabeza y disfrutó el frescor de la funda que le abracó la nuca. Acababa de releer una carta de Fefa y tenía los ojos aguados. Su madre le había mandado una foto. Eran sus padres sonriendo parados en el portal. No se cansaba de mirarla, trataba de imaginarse aquellos rostros en movimiento, la voz, el calor que una vez le proporcionaron. Todo había envejecido pero ellos no se veían muy mal, comparados con otros que llegaban de Cuba destruidos, marcados por la decepción y la mala alimentación. Pero sí podía percibir el dolor que los embargaba, la soledad que los comprimía. Y él tan lejos, aliviando sus necesidades con un poco de dinero, medicinas y tarecos que les hacía llegar de vez en cuando. Sabía que nada de eso compensaba la falta, la indigencia en que se encontraba su cariño. Necesitaba el roce de los que quería, convivir las mismas calamidades, la protección, el sacrificio que exige querer a alguien. Por un momento toda su vida se concentró en la foto y la imagen de su casa lo aplastó. Sintió olor a maíz, a flores que no podía identificar. Su imaginación se convirtió una vez más en la presencia de su madre. Se reprochaba la cobardía de haber abandonado, el no haberse quedado con ella hasta el final. Estaba aniquilado, nada lo hacía sentir peor que cuando se acercaba a su familia de aquella manera, le parecía oír la voz de Fefa salir del rústico papel de bagazo de caña. El pecho se le oprimía, cada bocanada de aire era poco y se exasperaba. Guardó la carta y la foto en el sobre y la metió en la gaveta de la mesa de noche. Hincó la cabeza en la almohada y de reojo siguió mirando como se despeluzaba la tarde, la misma que caía allá en su barrio, la misma que encapotaba la Loma del Dudo, la misma a la que de alguna manera se enfrentaban sus padres lejos de él. ¿Cuándo volvería a verlos? Fue lo último que se preguntó antes de que el ruido del agua en la ducha, donde Cely se bañaba, ocupara su mente.

Su mujer salió desnuda del baño con una toalla envuelta en la cabeza, buscó algo en la cómoda y se encerró de nuevo en el baño. Todavía el peso de la ausencia estaba sobre Máximo cuando se levantó y le pidió a Mario que dejara por un rato el juego de video y se ocupara de la tarea. Se atragantaba un vaso de agua cuando sonó el teléfono y lo descolgó de poca gana. Era Pepín del otro lado.

—Patriota, si no me ocupo de llamarte no sé de ti.

—Mucho trabajo y poco tiempo —le contestó Máximo—, últimamente no me siento con deseos de nada, y para rematar acabo de recibir carta de la vieja así que imagínate.

—¿Cómo está ella?

—No dice nada, no se queja, pero uno sabe la que deben estar pasando esos viejos allá solos.

—¿Y siguen renuentes a salir?

—Nada, no se deciden.

—Por qué no te embullas y vas de visita o mandas a Cely.

—No Pepín, eso sería lo último que haría en la vida. Aunque tú sabes que me sobran los deseos de verlos.

—Cambiando el tema, ¿te enteraste de la última?

—No, qué pasó.

—Gracias a los agradecidos que votan, tenemos al Alcalde Convicto. Lo reeligieron.

—Era de esperar, no sé de qué te asombras.

Máximo se despidió de su amigo prometiéndole que iba a pasar por la cafetería el próximo domingo. Cely seguía paseándose por la casa desnuda. La piel de las nalgas le brillaba y resaltaba como nunca la sombra que marcaban los vellos en la parte baja de la espalda. Cuando pasó junto a Máximo le comentó:

—El niño se quedó dormido con el juego de video en la mano y no se bañó.

—Le pedí que se ocupara de la tarea y se trancó en el cuarto a seguir jugando. Está perdido, no me puedo imaginar a quién sale —le contestó Máximo.

—Acabo de probarme la trusa que me compré y no me sirve... y yo que pensaba embullarte para ir mañana a la playa —dijo Cely con inconformidad.

—¿Qué pasa, te queda grande?

—No, al contrario, demasiado chiquita. Ven, me la voy a probar para que veas... y ni siquiera me acuerdo si guardé el recibo para poder cambiarla.

Máximo la siguió cuando entró al cuarto. Desde la cama miró como su mujer, con un poco de trabajo, se encasquetaba la trusa de espaldas a él. La carne se le enrojeció. La mitad de las abundantes nalgas se asfixiaba presionada por el elástico. Algunos hoyuelos en la piel empezaban a marcar la naciente celulitis. Cuando se volvió, las tetas comprimidas se abultaban hasta las clavículas, mientras que a ambos lados, dos pedazos de la masa más suave se apelotonaban sabrosos debajo de los brazos. Cely sonrió.

—Es mi talla, yo no puedo concebir que haya engordado tanto.

Máximo se fijó en los pendejos alborotados sobre la ingle.

—Ya viste cómo tienes la pelambre allá abajo —le señaló.

—Siempre me pasa. Por eso me afeito antes de ponerme la trusa para ir a la playa.

—Ven acá —Máximo le extendió una mano.

Cuando la tuvo frente, suavemente empezó a introducirle los pendejos debajo de la trusa. Cely se retorcía y reía maliciosa.

—Me haces cosquillas —dijo.

Se la sentó arriba y le besó el cuello, le metió las manos bajo la tela y le apretó las tetas. Le gustaba como se desparramaban como una gelatina. Con los dedos le presionó levemente los pezones chatos, de esos difíciles de animar. Cely se bajó la trusa hasta la cintura y abrió un poco las piernas. A medida que se iba relajando su rostro se transformaba, gozar la embobecía, la derrengaba. Retorcía el cuello arrastrando los labios de Máximo hacia donde ella quería. De súbito se volvió y le agarró la lengua con los labios, los contrajo en forma de embudo y se la chupó hasta secársela.

—Tengo el pelo húmedo —dijo Cely reaccionando.

Ya le brillaban los ojos cuando se encerró en el baño a secarse el pelo. Máximo se cogió el rabo con la mano. Estaba caliente, lo apretó y lo sacudió varias veces haciendo resaltar la cabeza. Chasqueaba a cada movimiento, se echó hacia atrás en la cama y se le empinó un poco más al hundirse la barriga. En aquella posición le parecía más grande. Era ésa otra de sus frustraciones más secretas, aquel rabo que nunca creció como a él le hubiese gustado. Cuánto no hubiera dado por tener un tolete enorme y bolo en la punta como un nabo, que impresionara, que las mujeres se asustaran cuando lo vieran, que les costara esfuerzo y valentía metérselo en la boca. En su adolescencia se la media una vez al mes con una regla, muerta y parada, para ver si le crecía. Llevó un control minucioso por unos años hasta que se convenció que no había progreso. Su madre lo sorprendió una vez en esa gracia. No sabía después cómo enfrentarse a ella. Miró el anillo que le regaló, cuando cumplió trece años, incrustado en la piel. Sintió vergüenza y dejó de manosearse el bicho. Pensó que debía quitárselo para esas cosas. El amor por su madre era distinto. No podía imaginarse, desde el cariño por sus padres, cómo lo habían concebido. Cómo aquellos dos cuerpos habían podido restregarse para lograrlo, siempre le pareció algo desproporcionado. Había otro amor para su madre en el rastro que dejó en él cuando lo amamantaba. No podía olvidarla dándole el pecho mientras lo mecía en el sillón. Se acomodaba en aquellas tetas grandes que presionaban sus cachetes como un cojín, mientras escuchaba el ruido alentador de su cuerpo. Un sabor rico con el que se identificaba. Caricias a las que se integraba y lo hacían perder el miedo. El olor que venía de adentro lo hechizaba, como si se conectara a lo que fue. Era ya un muchacho cuando interrumpía cualquier juego en la calle y entraba corriendo a la casa pidiéndole un buchito a la madre. Ella le advertía de que ya estaba muy grande para eso, pero dejaba los quehaceres y le ponía una teta en la boca. Máximo mamaba sofocadamente unos segundos y volvía a la calle satisfecho. Fefa fue de esas mujeres que producían mucha leche, tanta, que según ella misma en una ocasión ayudó a alimentar al pequeño de una recién parida de tetas secas. Su padre decía que era por el ajonjolí que él le compraba todos los días después de dar a luz. Ahora se enfurecía con las tetas de Cely, las mordía, las amasaba, las ensalivaba hasta más no poder, pero el sabor era soso, chato, escurridizo. Su madre había sido la única que le entregó calma desde adentro, un amor que se identificaba con olores y gestos. Cuánto no daba por volver a tirarse sobre su pecho y chupetear aquellos pezones grandes y prietos como conchas de río. Cuánto no deseaba volver a sentir aquel rumor empalagoso de la corriente, que lo hacía retornar a sus orígenes.

El ruido chillón del secador cesó y Cely salió del baño encuera y con los labios pintados del rojo que más le gustaba. Cerró la puerta del cuarto y Máximo prendió la lámpara antes de que apagara la luz del baño. Los latidos que le subían de los güevos le endurecían más el rabo y a intervalos lo hacían cabecear. El frenillo tenso a más no poder le forzaba la cabeza hacía abajo. Cely se acostó y se acomodó sobre dos almohadas. Máximo parado frente a ella se quitó los calzoncillos. La estaca quedó balanceándose cerca de la boca que ahora le brillaba. Sintió frescor cuando la saboreó con la lengua, coloreando la piel a medida que restregaba los labios empavonados de pintura. Luego miró como se perdía y volvía a aparecer mientras él se balanceaba. El chasquido fue creciendo. Máximo se inclinó y le acarició el pelo, luego una teta, hasta llegar con la mano a la pelambre. Ya había humedad. Cely la agarraba para que no se escapara y seguía baboseándola de un extremo a otro. Se daba golpes en la lengua, en la mejilla, la lambeaba como a un pirulí, llegaba hasta los güevos y se los metía en la boca saboreándolos. Máximo estaba ahora en cuatro patas sobre ella, aún tenía el olor al papel de bagazo en las narices. Los dos olores se mezclaron cuando le introdujo la cara entre las piernas. Aguantaba la respiración, luego rozaba la carne suave con la lengua dejando escapar la saliva. Aspiraba profundo. Los bembos se inflaban, los chasquidos crecían, pero el olor a bagazo persistía. Apretaba el culo para no venirse mientras acariciaba la piel suave de los muslos. Cely por su parte intensificaba las mordidas, halaba, comprimía, batía, boqueaba, escupía, de vez en cuando se limpiaba la boca. El olor a bagazo ya estaba en todo el cuarto, corría por la espalda de Máximo a chorros y le levantaba la cara. Sintió el mismo desvanecimiento de cuando se botaba una paja en los aromales de la Loma del Dudo, esperando que una tojosa regresara al nido con alimento para los pichones. Sintió la brisa de la tarde en el portal después de haber besado a dos o tres muchachas. Como decía su tío Florencio: cuando era joven, estúpido y estaba lleno de leche. Todas tenían un sabor y un toque distinto en el aliento, labios más o menos rígidos, diferentes formas de desplazar la lengua, un deseo insaciable de probar. Era la misma humedad que sintió a la orilla del río La Chorrera, envuelto en un olor a tierra que lo traspasaba. Ahora era Cely la que estaba escarranchada, con las manos se abría las nalgas mientras miraba de reojo a Máximo que la apuntaba. Ya los pelotones de masa se balanceaban y rompían como olas en la espalda a cada golpe. El frenillo a punto de sangrar, rabiando a cada estirón. El olor a bagazo lo abrazaba ahora como aire salado, le quemaba los labios. Había sido distinto bajo el agua, cuando Dulce con las piernas lo abarcaba y no era tanto el peso, el calor. Las olas lo galleteaban, perdía el equilibrio, se hundía en la arena. Le gustaba ver la leche que salía a flote como moco. El olor era ahora a secreción, espeso, como a hojas machucadas, como cocimiento. Antes de cerrar los ojos miró las tetas de Cely que colgaban como dos chayotes. Tras varios chasquidos, cayó sobre su espalda y olfateó por un rato el olor empalagoso que tenía en el cuello. El caño del orine le ardía como nunca.

XII

El relámpago rebotó en las paredes del cuarto y apretujándose desapareció por cuanto orificio encontró. Dulce fue corriendo y tapó con un trapo el pedazo de espejo sobre la cómoda. Siempre le oyó decir a su madre que los espíritus malignos se alborotaban cuando comenzaba a relampaguear. Esas tormentas severas la impresionaban mucho, las recibía como un ataque, se afligía y la embargaba una tristeza que la inducía a recordar a sus padres. Le gustaban más los apacibles aguaceros con el sol afuera. De niña la enseñaron a mirar al cielo cuando esto ocurría, el agua se veía venir desde muy alto y daba la impresión de que llovía de abajo hacia arriba. Se tapó la cara al estallido de un rayo que cayó muy cerca y lo sacudió todo. La luz se fue de sopetón y el cielo copado de nubes prietas, que casi rozaban las azoteas, contribuyó a intensificar la oscuridad en el cuarto. Las primeras gotas golpearon como pedradas la ventana y se apresuró en cerrarla para que el agua no encharcara las losas. Le llamaba la atención como siempre precedía a la lluvia un estruendoso rayo. Las nubes reventaban como si el ruido las hiciera estallar y el agua caía a chorros. Por primera vez en mucho tiempo, recibió la lluvia sin reproches, como una compañía. Le dolía un poco la pierna y se lo achacó como siempre a la humedad. Las gruesas y heladas gotas que cayeron en su mano cuando cerraba la ventana, trajeron a su memoria la única granizada que había visto en su vida cuando era una niña. Fue una tempestad distinta. El ruido atronador que la envolvía era como el zumbido de un enjambre de abejas encerrado en una caja de cartón. Los trozos de hielo repiqueteаban sobre los zines y se hacían añicos. Un granizo le levantó un chichón en la frente. Se derretían tan rápido que no le dio tiempo a recoger uno y saborearlo como tanto deseaba. Tuvo que conformarse con ver desde la cocina, al lado de su madre, como blanqueaban la tierra del patio. El bullicio de aquel torrencial aguacero la impresionó para siempre. Se preguntaba cómo era posible que en pleno verano, bajo un calor agobiante, cayeran granizos. En la escuela, más tarde, le dieron una explicación científica, pero seguía dudando. Por eso la atraía el paisaje invernal en el abanico de su abuela, la acampada calma de la nieve sobre la tierra no era como la furia de las tempestades en el trópico.

El cuarto se oscureció como si fuera de noche y tuvo que prender la chismosa en pleno mediodía. Se había bañado y el pelo todavía ensopado que caía sobre sus hombros le humedecía la blusa. Sentada en la cama echó la cabeza hacia delante provocando que el pelo cayera como una cortina alrededor de su cara, luego lo envolvió en la parte más seca de la toalla y lo apretujó varias veces para extraerle el agua que se acumulaba en las puntas. Ya hacía una semana del encuentro con Gabi en su cuarto. Dulce se bañaba rutinariamente todas la tardes. La inquietud la embargaba al atardecer esperando por su regreso. Hacía días que flotaba en un aburrimiento aplastante. Todos sus pensamiento giraban alrededor de la planeada fuga. Se desanimaba pensando que Gabi se había marchado olvidándose de ella y ya estaba en la Florida. De haber sido así no lo perdonaría nunca y mucho menos cuando ya había conseguido decidirse a abandonarlo todo. En esos instantes al menos nada podía detenerla. Muy bien envuelto bajo el colchón tenía oculto lo poco que llevaría en el viaje. Allí estaba el álbum de fotos que sin falta le entregaría a Máximo y el dibujo que le había hecho su tío Florencio. Llevaba también fotos de la familia, entre ellas las que antes colgaban de la pared, y algunos papeles importantes como su certificación de nacimiento. Después que descolgó a los difuntos rezaba porque su tía, como algunas veces hacía, no se apareciera por allí con flores para los muertos. Pensando en eso, en los últimos días, pasaba el mayor tiempo posible fuera de su cuarto. Se iba desanimada a caminar la ciudad o se sentaba en el malecón a coger fresco mirando el ajetreo de los ansiosos pescadores a lo largo del muro.

El viento silbaba al filtrarse por las hendijas que quedaban entre las persianas. El calor no era tan fastidioso como otros días, la temperatura se sentía agradable y fresca en su refugio. Se tiró en la cama impaciente a esperar a que pasara el aguacero. Por un momento se imaginó que llovía a cántaros en el mundo entero, sin embargo no muy lejos de allí, en el Malecón, algunos muchachos miraban el nubarrón que cubría parte de la ciudad, mientras se soleaban sentados en los arrecifes chapoteando con los pies el agua apacible de los estanques. No podía con tanta soledad y se empecinada en no dormir, quería mirar su cuarto. Todo lo que lo ocupaba la atraía, percibía más, sin proponérselo, el cariño a todo lo que la rodeaba. No quería abandonar, sin saborear hasta el cansancio, lo que encerraban aquellas cuatro paredes donde transcurría su vida. Aquel cuarto que nunca había podido pintar de azul. Se consternaba contemplando detalles a su alrededor, examinaba con persistencia una mancha en la viga que partía el techo al medio y se preguntaba por qué había oscurecido más en ese lugar. Miraba el cable eléctrico que colgaba de los travesaños y lo seguía por entre las telarañas hasta el interruptor. Allí los dos tapones, hechos de bombillos fundidos, le parecían un par de ojos saltones que la vigilaban. Se los había regalado el esposo de Teresa después que explotaron los originales. La amarillenta llama de la chismosa flameaba levemente y como las sombras danzaban, algunas alargándose, otras comprimiéndose, trajeron a la mente de Dulce una escena de la película *Amor Brujo*, donde La Polaca, una bailarina estupenda de flamenco, bailaba sudorosa entre llamas la *Danza del fuego*. Un filme viejísimo, pero que todavía se seguía exhibiendo en los cines de barrio.

Después del aparatoso aguacero el día abrió de nuevo para Dulce que lo esperaba ansiosa. La calle no llegó a inundarse, pero el resplandor sí fue irritante mientras permanecieron las paredes húmedas. Desde la cama miró el reloj que marcaba las cuatro y media. Faltaba poco para las cinco y casi sonríe cuando pensó que Gabi podía venir por ella. Ya no llovía y se sentía alegre como si hubiera escampado en toda la tierra.

Se estaba haciendo un moño cuando tocaron a la puerta. Nunca pensó en que podía ser Gabi. Se contrajo cuando se imaginó la figura emperifollada de su tía esperando ansiosa en el pasillo. Apresuradamente empujó con fuerzas la ventana hinchada por el agua y sopló la chismosa antes de ir a abrir. La mecha al apagarse expulsó una bocanada de humo espeso. Las largas hilachas de hollín hacían extravagantes maromas en el aire, antes de adherirse a las paredes y aglutinarse en las abandonadas telarañas. No hacía mucho encaramada en una silla, a falta de un deshollinador, había desempercudido el techo lo mejor que pudo con la escoba. La humareda que se había concentrado en el cuarto, a espaldas de Dulce, escapaba rozando el marco de la ventana. Levantó la puerta para que no rozara las losas. Era Gabi que sonrió al verla.

—Cómo andas —dijo el muchacho entrando en el cuarto, sin esperar a que Dulce lo mandara a pasar.

—Bien. La verdad es que no pensaba que fueras tú, pero me alegra mucho que hayas venido.

—¿Y por qué tanto humo? ¿Preparaste alguna brujería? —bromeó Gabi tapándose la nariz.

—Nada de eso, prendí la chismosa cuando empezó a llover, parecía de noche entre estas cuatro paredes.

Dulce estaba nerviosa pero trataba de aparentar todo lo contrario, su conducta, la frialdad en sus movimientos la delataban. Gabi se impuso.

—Espero que ya lo tengas todo preparado, como convinimos. Si estás arrepentida dímelo, no tienes que tener pena.

—No, lo que estoy es un poco desorientada. No puedo concebir como algo hasta ahora tan difícil, no sea más que salir por esa puerta.

—Cálmate, piensa en que vamos al cine a ver una película de estreno y en dos o tres horas estamos de regreso.

Gabi se esforzó en inspirarle confianza a la muchacha y lo consiguió. Su comportamiento era más amistoso y se notaba tranquilo. Era de esas personas, para muchos raras, que pueden estar agonizando y todo el valor que lucen va en función de ocultar su infortunio. Las consecuencias, la cantidad de peligros que representaba la huida, estaban subordinados a la fuerza con que pensaban que todo iba a salir bien. Lo menos que les podía pasar era ir a parar a la cárcel. Los guardafronteras patrullaban las costas y sorprendían a muchos que intentaban la fuga. Pero el riesgo era inevitable para escapar al retorcido futuro de calamidades que enmarcaba la isla.

No hablaron mucho. Gabi había regresado cumpliendo con su promesa. Miraba como Dulce se movía indecisa, entraba y salía del baño sin ningún sentido aparente. Quería dejarlo todo en orden como si volviera en un rato. Sacó de abajo del colchón el bulto y se lo enseñó al muchacho. Gabi con un movimiento de cabeza le advirtió que estaba conforme. A petición de éste se puso una camisa de mangas largas y antes de salir se amarró un pañuelo en la cabeza.

Desde la puerta miró hacia la viga que atravesaba el techo, la mancha oscura le pareció un rostro, desde donde unos ojos huecos la despedían. En el pasillo se encontraron con Teresa que le pidió a Dulce un poco de sal.

—Te la doy cuando vuelva, no tardo mucho —le contestó Dulce muy tranquila.

Bajando la escalera Gabi le pidió el bulto para llevarlo él. La puerta abajo parecía la salida de una cueva por donde se filtraba la luz. Los dos tuvieron la sensación de que al salir al aire libre se iban a sentir mucho mejor. Los descamisados estaban sentados en el contén de la acera cerca de la moto de Gabi. Una Jawa 350 roja, con el asiento de vinil, reseco y carcomido por el sol. La calle estaba mojada y los carros chapoteaban en la grasa esparciendo un ruido repugnante, como el mismo cernido prieto que levantaban y manchaba las ropas.

Los descamisados miraron con gusto a Dulce cuando se escarranchó para subir a la moto y las nalgas se amazacotaron apetitosas sobre el asiento, tomando voluminosas proporciones. Por primera vez iba tan distraída que no prestó atención a los jóvenes. Colocó el bulto que le entregó Gabi entre los dos y con timidez se agarró a su cintura. Jamás había montado una moto y estaba nerviosa. Pensó en la preocupación de su tía cuando se enterara de su desaparición y en como le reprocharía más tarde no haber confiado en ella. Por otra parte el temor de Gabi era que hubieran descubierto el bote en el escondite donde lo había dejado preparado todo la noche anterior. No se lo había dicho a Dulce pero de ser así la policía era la que estaría esperando por ellos. Durante muchos meses estuvo escogiendo el lugar, se pasó días vigilando para estar seguro que el sitio era poco frecuentado. Esa parte de la costa en realidad era poco transitada por botes, la orilla estaba llena de cabezos muy peligrosos. Cuando bajaba la marea raspaban la superficie. Con el llenante se introdujo en un pequeño manglar y lo dejó oculto entre las ramas y el hierbajo de un pequeño canal por donde se desplazaba la corriente provocada por las mareas. Si los cálculos no le fallaban, a las seis de la tarde comenzaría a subir la marea. Gabi se había preparado para no fallar y eran muy grandes las posibilidades de no ser descubiertos.

Entraron en el túnel de La Habana. La humedad era espesa. Apenas las lámparas alumbraban el interior, casi todas estaban fundidas y la impresión era como de estar dentro de una alcantarilla. Gabi manejaba con precaución entre algunos ciclistas suicidas que lo atravesaban.

A la salida del túnel, la mole del morro apareció como una inmensa roca tallada. Hacia el lado derecho de la carretera, dispersos sobre una ladera arenosa, crecían unos descuidados henequenes. Hacia la izquierda, después de una amplia explanada de rocas, se estiraba el mar. Algunos pescadores esperaban ansiosos a que las varas se arquearan o a que las latas atadas a los carretes de algarrobo, salieran disparadas. En los bajos el reflejo de los cabezos en la superficie parecían verdugones. Pero Dulce miraba la transparencia del agua sobre los bancos de arena, el resplandor que rebotaba en el fondo y luego se quedaba chispeando sobre las olas.

El tráfico por la Vía Blanca era escaso. Dulce iba luchando contra el viento para que no le arrancara el pañuelo de la cabeza. Quería preguntarle a Gabi a qué hora llegarían, pero era imposible imponerse al ruido seco de los tubos de escape bajo sus pies. Los descoloridos edificios de La Habana del Este bloquearon la vista al mar y a Dulce le pareció que el viento batía con menos fuerzas. Cerró los ojos y apoyó la cara en la espalda de Gabi. Cuando los volvió a abrir el mar estaba ahí de nuevo, la carretera bordeaba los arrecifes, en muchos lugares el petroleo ennegrecía las rocas formando lagunatos viscosos. Últimamente se llevaban a cabo perforaciones tratando de encontrar yacimientos valiosos.

Ya Piedras Altas se veía a lo lejos. Lo hermoso del paisaje eran los impresionantes acantilados. Dulce conocía aquel lugar, había estado allí con Máximo muchas veces durante un tiempo en que su novio padeció de una furia de pesca submarina casi anormal. Descendían por las imponentes rocas pulgada a pulgada, ella bajaba en un temblor, prácticamente sobre los hombros de Máximo, aferrándose con las manos a las piedras. Llegaban agotados a la costa rocosa y descansaban un rato antes de darse un chapuzón. Había una poceta entre las rocas donde ella se soleaba y nadaba sin miedo mientras su compañero se zambullía en lo profundo buscando una presa. La profundidad oscurecía el agua y por lo regular las olas rompían con mucha furia en las agrietadas grutas que bufaban al atragantárselas. Era riesgoso, para pescadores de poca experiencia, aventurarse a incursionar el lugar. Los tiburones rondaban los farallones, era muy conocido el caso de un pescador profesional que fue despedazado por una cornuda, antes de que sus aterrados compañeros pudieran ayudarlo. Máximo volvía siempre con algún pez, cuando algún tiburón no lo obligaba a salir del agua. Regresaban a casa al oscurecer tostados por el sol y satisfechos, después de hacer el amor en alguna cueva que se adentraba en las piedras, a veces aguijoneados por el diente de perro.

Quedaba poco de la tarde cuando llegaron a Santa Cruz. Gabi escogió un camino que desaparecía por entre las uvas caleta. Detuvo la moto cuando se atascó en la arena. Aún no se veía el mar pero se sentía. Aquel lugar no era nada nuevo para Dulce, allí también había estado con Máximo muchas veces y el encuentro con el olor fresco, el verdor y el silencio, la hicieron sentirse, como nunca antes, muy cerca de él.

—Yo he estado aquí otra veces —le comentó Dulce al muchacho que volvía de ocultar la moto entre las uvas caleta.

—Si nos descubren, niega todo de lo que se te acuse. Tú no sabes nada de nada. Lo único que tienes que decir es que somos novios y vinimos a pasar un rato aquí —dijo Gabi que ignoró por completo el comentario que hizo Dulce.

Se les hacía incómodo caminar en la arena. Gabi se quitó los zapatos de un tirón, los ató por los cordones y se los colgó al cuello. Dulce pensó imitarlo pero se arrepintió, llevaba un cordón suelto y se agachó a abrochárselo.

Allí estaba la playita entre las rocas. El mar con su olor a sargazo, a arena acabada de nacer, con sus olas rastreando la orilla, con su espacio cargado de sal, con la brisa barriendo la costa de otra vida. Nada había cambiado, el mar le demostraba una vez más que la vida era el tiempo de una de sus mareas. En aquel olor estaba Máximo, en aquella tarde que reventaba entre las nubes en el horizonte. Mirando el sol burbujeando en el agua sintió deseos de desnudarse, de que le exprimieran las tetas. Quería sentir la saliva de alguien secarse en su cuello al golpe de la brisa. Sentía deseos de abrir las piernas y que otro cuerpo se ajustara entre ellas. Cuando se sentó apretó la arena fría en las manos y puso el bulto sobre sus piernas. Gabi chapoteaba el agua de las pobres olas que picoteaban la pequeña playa.

—Hay que esperar a que se haga un poco más oscuro, ya la marea está casi en el tope —dijo Gabi sin mirar a Dulce.

En la costa es donde último llega la noche, la luz se queda flotando sobre el mar hasta que el sol, poco a poco, la va remolcando toda del otro lado. Ese instante es un rito, una magia, una atracción prepotente en el vacío que va quedando. Dulce sentía esa rara sensación, y la embargó el mismo estado de ánimo de años atrás, cuando en la oscuridad y con el mismo olor a algas y peces, esperaba por Máximo que se lo habían llevado preso a Puerto Escondido. Pero ahora las sensaciones eran otras, en aquel momento había impaciencia pero no desamparo ni abandono. El calor lejano de los abrazos de Máximo la abrigaron y sin comprenderlo del todo, recordó el día en que se cayó de la mata de ciruelas en casa de su tía Zoila y se lastimó la muñeca. Oyó los gritos histéricos de su tía que corrió a socorrerla. Aquel desplome casi la obliga a pedirle a Gabi que la llevara de vuelta a su cuarto. Ahora se arrepentía de no haber regresado y darle el poco de sal que Teresa necesitaba. Hubiera visto su refugio de nuevo, tal vez algún objeto la hubiera incitado a no marcharse.

Ya el horizonte se había tragado el amarillo macizo con que el sol se sumerge y un bulto gris se amontonaba en el espacio dándole los últimos empujones. Mirando hacia el punto donde el rezago de la tarde desaparecía pensó desanimada, que más o menos por allá debían de llegar para encontrar la otra orilla. Gabi sabía que quedaban sólo unos minutos de luz. Miró hacia el manglar donde los troncos pulidos se entrelazaban en un enredo impenetrable a todo lo largo del estero. Se lavó los pies en la orilla y se puso los tenis. Sin hacer comentario se levantó y ayudó a Dulce a incorporarse. Sujetándola de la mano se introdujo en el agua y fue bordeando el manglar hasta la entrada de un pequeño estero. Los pies se hundían en el fondo pantanoso y los dos estuvieron a punto de caer. Con el agua por las rodillas avanzaban, apartando algunas ramas y espantando a los mosquitos. Dulce mantenía el bulto a la altura del pecho para que no se mojara. Los mosquitos se ensañaban picándole las orejas, cada vez que podía se daba un manotazo aplastando un insecto. El sargazo se le enredaba en las piernas y los zapatos cargados de arena y hierbajos le pesaban como piedras.

Cuando llegaron al bote Dulce estaba ensopada hasta la cintura y a punto de gritar ante la nube de mosquitos que la acribillaban.

—Cuidado el paquete no se caiga al agua —le dijo Gabi en un susurro antes de ayudarla a subir al bote.

La muchacha sintió alivio cuando se vio sobre algo sólido. Mientras caminaba, la fosforescencia en la superficie del agua la impresionaba, presentía a cada paso que algún bicho la iba a morder. Sudaba a chorros. Gabi apartó bien las ramas que sirvieron de camuflaje y luego impulsándose subió a bordo zarandeando toda la chalupa.

Prácticamente desesperados, a manotazos limpios, espantaban los mosquitos. El zumbido cerca de los oídos era insoportable. La nube de insectos los cubría atraída por el calor humano o quién sabe por qué otra cosa.

Ya era de noche. La luna dentro de un marco de nubes resplandecía. Gabi estaba molesto porque esperaba más oscuridad donde ampararse. Pero gracias al reflejo que los envolvía le fue mucho más fácil desenvolverse. La marea estaba al tope. Zafó las ataduras que sujetaban el bote al mangle y se dispuso a navegar. Hubiera podido esperar un poco más, pero era implacable el ataque de los mosquitos. Para colmo el viento estaba en calma. Antes de acomodar los remos para desplazarse por el canal, miró a Dulce que permanecía arrinconada en la popa cubriéndose la cabeza con las manos. Sólo se oía el chapotear de los remos en el agua. Paleando hacia ambos lados, Gabi dirigía, no sin dificultad, el bote por el estrecho estero. Se fueron alejando del manglar y el joven, con mucha precisión, evadió los cabezos más peligrosos que ya conocía de memoria. Se adentraron en el mar y los mosquitos dejaron de molestarlos. Las olas comenzaron a zarandear la embarcación y el ruido que provocaba el agua al golpear el fondo del bote asustó a Dulce. Aquel sonido seco, a madera quebrándose, le daba la impresión de que se iba a desfondar. Después se acostumbró a todo lo que era nuevo para ella cuando se convenció de que no pasaba nada y el bote seguía flotando. Miró la luna que iluminaba el rostro sudoroso de Gabi que no dejaba de remar. Estaba bonita, todavía dentro de un círculo de nubes donde se descomponía la luz. Nunca había visto con tanta nitidez la virgen que formaban las sombras en la superficie de la luna, su madre le enseñó a identificar aquella silueta cuando era muy niña. Allí estaba cabizbaja, con la corona más definida que nunca. Le pidió que los ayudara y no los abandonara durante la travesía. Rezó a su manera por un rato. El resplandor de la luna enchumbaba el horizonte, la luz que patinaba sobre el agua se recogía a medida que avanzaba la embarcación, o al menos era ésa la impresión que daba. Pensó que un eclipse en ese instante hubiera sido espectacular, ver como la luna se comprime y parece salir a rastras de la sombra de la Tierra.

Se habían alejado lo suficiente de la costa cuando Gabi prendió el motor. La bulla que emitió el aparato, hizo recogerse más a Dulce. El bote comenzó a moverse mucho más rápido, pero se estremecía demasiado cuando se enfrentaba a las olas. Gabi, cada cierto tiempo, se aseguraba mirando a su alrededor temeroso de que apareciera un guardacostas. Las últimas luces de Santa Cruz se hundían en la distancia. Las estrellas se veían muy bien y el joven como todo un marino, se orientó buscando la Osa Mayor. Trazó una línea imaginaria a través de las dos estrellas extremas del carro y allí encontró la estrella Polar marcando el norte casi sobre el agua. Para navegar durante el día llevaba una brújula de bolsillo que consiguió, a todo riesgo, en bolsa negra.

Dulce acalambrada iba pensando en su cuarto, en el calor de su cama, en lo seguro y acogedor que se le presentaba ahora. Zoila nunca le perdonaría el no haber confiado en ella. Teresa se cansaría de esperar para que le diera un poco de sal. Lo salobre en sus labios fue lo que le hizo recordar el suceso a la salida del cuarto.

Pasó la noche de una pesadilla en otra. Primero soñó que desde la ventana de su cuarto miraba como las moscas habían invadido la ciudad convirtiéndola en un gran mosquerío. Cubrían los tejados, las paredes y en las tendederas y balcones se apiñaban colgando como colmenas. Después que caminaba una infinita explanada, temblando de frío, bajo un estruendoso aguacero. Cuando una pierna acalambrada la despertó era de día. El azul del mar al amanecer la hizo sonreír. Azul como nunca había visto a todo su alrededor. Mar, mar, eso era el mar, no la pobre orilla. El mar latiendo en lo profundo, tiñendo toda la superficie del azul que tanto le gustaba. Vistiendo su rostro de una ternura infantil que la suspendía. Sintió que se mareaba, su compañero lo notó y le dijo que no mirara las olas, que mantuviera la vista fija en el horizonte para evitar los mareos y los deseos de vomitar. El motor se había parado y trasteaba las bujías. Dulce vio por fin sobre lo que se mantenía a flote. Era un bote de catorce pie de eslora, de madera, antiquísimo. Necesitaba pintura, numerosos parches de chapapote cubrían los sitios donde se habían reparado las filtraciones. El fondo, sobre todo, estaba completamente emparchado. En la proa tenía un pequeño compartimento. Allí había algunos avíos de pesca y los alimentos que Gabi consiguió para la travesía. El motor propulsor era una planta eléctrica a la que le había adaptado una propela. El chapucero silenciador que recortaba el ruido y el rústico timón, los confeccionó él mismo con muchas dificultades.

—¿Te sientes bien? —le preguntó Gabi.

—Estoy un poco adolorida, pero no es nada para preocuparse.

Gabi se orientó con la brújula que sacó del bolsillo y se puso a remar. Ya los remos le pesaban mucho. Eran de cedro, dos pedazos de tablas en los extremos estaban bien afincadas con tres tornillos al madero calado.

—Tengo malas noticias —dijo sin dejar de remar.

—El motor se rompió —se adelantó Dulce.

—Sí. Después voy a tratar otra vez de repararlo.

Ya el sol se recuperaba del chapuzón del amanecer y brillaba con fuerzas. El azul se intensificaba en todo el cielo. Al mediodía comieron algo y tomaron agua. Descubrieron, no sin alarmarse, que uno de los pomos plástico estaba vacío. Un anzuelo, con el bamboleo de bote, se le clavó en la base lo suficiente como para que se derramara toda el agua. Hasta ese momento todo lo que habían encontrado en el camino eran algunos maderos flotando y los comunes hierbajos marinos.

Eran ellos y el mar. Gabi no sabía exactamente cuánto se había alejado de la costa, pero estaba convencido de que lo suficiente para estar fuera del peligro de los guardacostas cubanos. Al atardecer miraron decepcionados un barco que desapareció en la distancia. Gabi comentó que estaba muy lejos para que pudiera verlos. Ya Dulce se sentía incómoda en cualquier posición, tenía las piernas entumidas y la coriza la comenzaba a fastidiar. Se sentó, pero el mareo la atacó muy rápido y volvió a tirarse en el fondo.

El mar se fue agitando y las olas hacían inmensas hondonadas entre una y otra. Sin apenas percatarse estaban bajo una tempestad. El aire fresco los alivió y disfrutaron la lluvia fresca cayendo en la piel ardiente. Tomaron agua abriendo la boca al cielo. El aguacero los ensopó pero se alejó rápido, aunque el mar continuó agitado toda la noche y Gabi no pudo remar mucho. Dulce sintió frío bajo las ropas húmedas. El bote era arrastrado por las olas a su antojo y la corriente del golfo lo movía hacía el este. Fue una noche cerrada, no vieron la luna y por primera vez sintieron miedo cuando el mar los acarició con sus manos nocturnas.

Estaban dormidos. Un golpetazo en la popa estremeció el bote y los despertó. Sólo un azul profundo los rodeaba. Se miraron dudosos buscando una respuesta. Era las dos de la tarde, pero ellos no lo sabían. El sol los castigaba. La sal en la piel hacía más ardientes las quemaduras. Dulce de vez en cuando, pasándose la lengua, se humedecía los labios hinchados y resecos.

—Qué habrá golpeado el bote de esa manera —se preguntó Gabi a sí mismo en voz alta, sacando la cabeza por la proa.

Dulce no se movió, el misterioso golpe consiguió impresionarla. Gabi olvidó lo ocurrido y se puso a trabajar en el motor, pero aunque hizo por arrancar no funcionó. Incómodo le gritó maldiciéndolo. Dulce tenía sed pero no se atrevió a pedirle agua cuando lo vio así. Los dos en realidad evitaban tomar del poco líquido que quedaba para ahorrarla al máximo. El muchacho al menos había perdido la esperanza de que aquel motor los ayudara en algo. Cogió los remos pero su esfuerzo se quedó en la intención. Estaba sofocado, decepcionado.

—Mala suerte, coño... esto es mala suerte —decía a veces sin ton ni son.

Todo dependía ahora de que algún barco los rescatara o se acercaran a tierra como muchas veces pasaba. Pero no fue así, la corriente del golfo los arrastraba. Los días y las noches pasaron. El sol los tiñó, los desfiguró. Abrían la boca a las gotas para tomar agua cuando llovía, la falta de alimento los había debilitado. Gabi deliraba y se pasaba el tiempo llamando a su hermano Pepe o le decía a Dulce que se incorporara que venía una guagua a rescatarlos. La muchacha vio como una noche se paró en la proa y agitado le comunicó que estaban en la selva.

—Pepe, Pepe —gritó— yo estoy aquí, no lo voy a permitir.

La siguiente noche Dulce vio su sombra lanzarse al mar y oyó por unos minutos el chapoteo de Gabi en el agua mientras gritaba.

—Mi hermano estoy aquí, no corras, mima nos está esperando.

El silencio y la soledad fueron peor aquella noche. Dulce no podía moverse y supuraba por los ojos y la boca. El amanecer fue un leve resplandor tras sus párpados. Ya no tenía fuerzas para lamentarse. Añoraba su cuarto. Sentía deseos de estar en él. Lo alegre que era pararse en la ventana a coger fresco. La gracia con que los gorriones entraban en las paredes rajadas del edificio de enfrente. La realidad que había en como el vecino degollaba las palomas. El bullicio de los aguaceros, la frescura que disfrutaba al atravesar las calles inundadas. La compañía que le traía su tía con sus visitas inesperadas. Sonrió memorizando las impertinencias de Teresa. Todo lo que reprochó en algún momento lo recordaba con placer. Pensó que tal vez la mala suerte que los acompañó en el viaje fue por no darle la sal a Teresa antes de irse, que debió visitar a un babalao y hacerse una limpieza antes de echarse al mar. Sentía rechinar en su mente las palabras de Fefa: "el mar es traicionero". La belleza, el azul precioso en la distancia no era más que una trampa. Máximo no estaba por todo aquello, no llegaba con un vaso de agua, algo tan simple como un vaso de agua, que no se le niega a nadie.

—Máximo, dame agua, necesito un poco de agua —decía Dulce delirando.

Movió la cabeza evitando el sol que le hacía hervir las llagas. Abrió un poco los ojos y era todo luz afuera, un blancor de nubes deshilachadas que se acortinaba en el espacio. Se vio abriendo la puerta del cuarto: al fin he llegado, se dijo. Su marido, sentado frente a la cómoda, sacaba los blúmers de la gaveta y los olía. Desde la cocina, su madre lo miraba mientras revolvía en una cazuela coágulos de sangre. Se esfumaron cuando la vieron. El colchón estaba espumoso y se tiró a esperar por su tía, pero las moscas comenzaron a entrar por la ventana y lo inundaron. La cargaron en peso y cuando volaban sobre las latas de basura, acumuladas en la esquina, la dejaron caer. Los descamisados sentados en el contén de la acera se reían al verla sobre la tonga de porquería que apestaba como nunca. La marquesina de la ventana se desplomó y se hizo añicos contra el pavimento. Otro golpe en el bote la estremeció, pero esta vez se zarandeó tanto que el agua logró entrar. Dulce sintió como se le enchumbaban las nalgas y se quejó cuando el agua salada le tocó las llagas de la cara.

—Gabi, ¿eres tú? —balbuceó moviendo con dificultad los inflamados labios.

Pero cuando abrió un poco los ojos sonrió. Una inmensa carroza azul estaba allí junto al bote. Las bailarinas, con las caras excesivamente maquilladas, brincaban alegres cantando: aé, aé, aé la chambelona. Las serpentinas multicolores caían a chorros sobre el bote y ella trataba de coger una moviendo la cintura al compás de la música. Qué fuerza de luz tenían los espejos donde se reflejaba el sol, no había nada de que lamentarse, estaba viva, en pleno carnaval. Las manos de las muchachas de pronto se convirtieron en grandes tinajones y vertieron agua fresca sobre su cuerpo. Estaba lloviendo, la música era ahora el sonido de la lluvia. El espacio eran grandes charcos a su alrededor y Dulce corría y se lanzaba de cabeza en ellos. Un chorro caía a lo lejos como en el jardín de la casa de su tía Zoila. Se agitaba tragando a bocanadas el olor a azul espeso que compactaba el aire. Estaba a salvo y Gabi se había ido en el mejor momento. Resbalaba en la tarde chocando con todo. Tenía deseos de ver a Máximo para echárselo arriba. Qué tarde más linda, pensó, qué fresco entra por aquella ventana a lo lejos. El viento lleno de goce la refrescaba. Se desabrochó el pantalón y acomodó la mano entre las piernas. Era otro calor. Era un bulto suave y espeso sobre la piel sudada. Era feliz, la mano agitándose, la punta del dedo explorando al compás de la velocidad con que arrastraba la corriente al bote. Entonces se convenció que no fue una traición el primer día que abrió los ojos, cuando la muerte no existía y la rodeada todo lo que creía eterno. El dedo resbalaba en la humedad. Qué sombra había dentro de aquel aromal con las nalgas desnudas sobre la tierra, aguijoneadas por las ramas secas. Aquella zanja burbujeando era como un río, nacían ondas en la superficie alrededor de la mano y circulaban hasta la orilla. Ella no dejaba de introducirla para que no cesaran. Movió la cintura excitada cuando percibió que el orgasmo era un juego infantil. Como leche hirviendo en los labios. Su mano se detuvo, ya no rozaba la piel. La muerte era volver a sumergirse. Líquido amelcochado bien adentro. Qué fresco más rico entra por aquella ventana, volvió a pensar. Era también un espejo, al fin, donde podía mirarse de cuerpo entero. Entonces fue que un azul intenso la envolvió. Se fue espesando, hasta que unas manos azules la levantaron en peso, dejándola caer allí, sobre la caudalosa corriente azul que se perdía a través del marco de la ventana.

XIII

Desde el sofá, mirando una pintura de su colección, descubrió un nuevo detalle. En un manchón grisáceo, que siempre creyó no era más que una nube, distinguió una hormiga voladora. Un ala sombreaba la tabla verdosa de una carriola. La otra se extendía, atravesando las nubes, hasta estrellarse contra la cara de un fantasma que asomaba la cabeza por detrás de un cúmulo. No era la primera vez que advertía algo nuevo en un cuadro. El goce principal en coleccionarlos estaba ahí, en ir descubriendo detalles y figuras que posiblemente el autor jamás percibió. Los rostros se transformaban, un día unos ojos que siempre fueron claros, estaban ojerosos. Los objetos se movían, se arqueaban para tocarse entre sí. O se alejaban y se comprimían contra el marco como si quisieran escapar de la imagen. Máximo disfrutaba cuando los cuadros se renovaban. Estaba aburrido y prendió el televisor. Se acomodó apoyando la cabeza en un cojín y soportó por unos minutos la morbosidad de un noticiero en español. Hablaban de la intensa búsqueda en Bolivia de los huesos de Guevara. De una maestra que había sido violada, en un aula de una escuela pública, por un desconocido. Miró, no sin consternarse, como la guardia costera rescataba, de endebles balsas, a algunos cubanos en alta mar. Vio como introducían en una ambulancia, envuelto en una bolsa, el cuerpo de una mujer que hallaron muerta en un bote cerca de las playas de Miami Beach. Elogiaban que aunque sin vida había llegado a tierras de libertad. Nombraron algunos objetos que encontraron a bordo, entre ellos un álbum de fotos. A quién se le ocurre llevar un álbum de fotos en una travesía como ésa, pensó. Iban a decir el nombre de la desafortunada, cuando cambió a otro canal y se entretuvo mirando un documental, donde miembros de una tribu indígena en el Amazonas, alrededor de una hoguera, comían con regocijo arañas peludas asadas.

Eran más de las doce cuando sintió sueño y apagó el televisor. Antes de acostarse fue al cuarto de Mario, le quitó el juego de video portátil de las manos y lo tapó con la colcha. El niño se movía inquieto sobre la cama y Máximo se acordó de lo que le había dicho Cely con respecto a los sueños que martirizaban al muchacho. En esos instantes soñaba que entraba a un salón completamente oscuro, a los lejos se veía la imagen clara de una princesa comprimida por la espesa negrura. Cuando el padre salió del cuarto y fue a la sala a asegurarse de que la puerta estuviera bien cerrada, el niño braceaba en las penumbras infructuosamente. Aquella manía se la transmitió a Máximo su padre. Rodolfo todas las noches se levantaba y revisaba los cerrojos antes de acostarse. Máximo desde la cama oía el traquetear de las chancletas de palo sobre las losas. Él sabía que aún su padre continuaba preservando aquella costumbre, y no se conformaba con sumergirse en el recuerdo, cada vez más haraposo, más rígido.

Cely balbuceó algo en sueños cuando Máximo se acostó a su lado. Luego oyó al perro ladrar y se acordó que no le había puesto ni agua ni comida. Por primera vez no le importó, otras veces se había levantado de madrugada a servirlo para poder dormir tranquilo. El reflejo de la luz en el techo pintaba figuras en combinación con las sombras. Las mismas de siempre, la cabeza de caballo, la cazuela con sus asas y todo, la vaina de flamboyán. Con un muslo pegado a la nalga caliente de su mujer y mirando hacia la puerta, esperando a que apareciera el elefante, se quedó dormido.

El amanecer se escabulló brillante en el cuarto. Máximo abrió las cortinas y miró el azul casi blanco del cielo. Era un día de esos que invitan a ir a la playa, una mañana especial para disfrutar el mar, para zambullirse cerca de Elliott Key entre los corales y acercarse a un pez loro casi hasta tocarlo. Era un buen día para dedicarlo a la pesca submarina. Entusiasmado despertó a Cely para que lo acompañara. Tardó en abrir los ojos, el pelo le tapaba la cara. Aún cargaba en el rostro la otra parte, el cansancio de un gran viaje, la desorientación que envuelve a todos al regresar del sueño. Cely no pretendía cambiar dormir la mañana, por montarse en un bote.

—Ve tú y trata de pescar algo —dijo entre bostezos— y cierra la cortina que me molesta la luz.

Máximo la complació y dejó el cuarto en penumbras antes de meterse en el baño. En el fondo la decisión de la mujer de no acompañarlo le importó poco. Por eso no le costó mucho trabajo decidirse a ir solo. Se lavó los dientes. Luego fue a la cocina a preparar el café. Dejó la cafetera en la hornilla y salió al patio a darle de comer a Aretino. El perro lo recibió dando saltos y le babeó la oreja cuando se agachó a su lado. Allí junto al animal decidió no llevarlo tampoco.

—Hoy no vas conmigo, te quedas —le dijo mientras le apretaba el hocico.

Cuando abrió la casita del patio, para coger la escopeta de pesca submarina, salió una rata.

—Cógela, cógela —gritó azuzando al perro.

Aretino corrió tras ella, la arrinconó contra la cerca y allí la descuartizó. Las ratas no eran nada raro, a menudo Máximo encontraba una muerta. Lo que no podía explicarse era cómo aquella había entrado a la casita que siempre mantenía cerrada con candado. Primero, satisfecho, elogió al perro, después probó la escopeta para asegurarse que se mantenía con aire. Era una costumbre de la que no había podido desprenderse. A la que poseía en Cuba, de fabricación casera, con mucha frecuencia, se le escapaba el aire por alguna de las juntas. Antes de entrar a la casa lanzó la rata, lo más lejos que pudo, del otro lado de la cerca.

Se lavó las manos y le echó azúcar al café, luego se aseguró de que la cocina estuviera apagada. No hacía mucho, dejó la cafetera al fuego y se fue a llevar a Mario al colegio. Cuando regresó la casa estaba llena de humo y la cafetera se había hecho una melcocha sobre la hornilla. Tomó un buchito de café hirviendo para sentir el rico aroma que el humo le impregnaba en las narices. Después de aquel sabor en la lengua y de prender un cigarro era que comenzaba el día. Antes de salir de la casa miró a Cely desde la puerta. Estaba dormida boca abajo y el culo se le empinaba voluminoso, se acercó y le dio una nalgada.

Salió al portal con la escopeta de pesca submarina en una mano y una tasa de café en la otra. En el quicio, frente a las matas de arecas, un calambre le bajó del tobillo hasta el calcañal, donde se transformó en un ardor que lo hizo cojear. No se preocupó. Como era domingo algunos vecinos cortaban la hierba. Otros, los más severos, fregaban y desempercudían los carros. Se fijó en el raro verdor que cubría las plantas en la casa de enfrente. El molino de viento brillaba entre las ramas, le pareció que la fuente, con el ángel patitieso chorreando agua, estaba inclinada. Pero pensó que podía verse así, debido a los troncos retorcidos de los cocos que la rodeaban. Las pelonas, abiertas como erizos, tupían los canteros más erguidas que nunca. Sobre la hierba recién cortada, los moldes ornamentales de concreto formaban círculos perfectos alrededor de los troncos. Un verde fofo empañaba el ambiente, similar al que vio en las plantas que llenaban el cuarto de Florencio. El recuerdo de su tío siempre sorprendiéndolo, llegando ahora envuelto en el verde oscuro que se había apoderado del jardín vecino. Respiraba el mismo olor a hierba que se había impregnado en las paredes de aquel cuarto, el mismo olor a cocimiento fresco que bullía en el jarro, a fuego lento, sobre la cocina. Olor a té, a tilo fresco. Máximo gozaba ese momento en que olores lo hacían recordar, con una frescura inusitada, un instante de su vida. Ese contacto imprevisto con el pasado lo sopapeaba, pero disfrutaba repasar los momentos en Cuba junto a la familia. Cuando sus abuelas eran un contacto vivo con el mundo que lo rodeaba. Cuando vivir no era ir quedándose solo. Así envuelto en el recuerdo salió con el bote a cuestas y el canal de la avenida 28 se le antojó el río La Chorrera, cundido de aromales con el chirrido enloquecedor de las chicharras, cantando al sol del mediodía. El vapor que sentía era el mismo de cuando subía con Pepe el Baba la Loma del Dudo y se echaban a la sombra de la carolina, mirando con cautela hacia casa de Rosario la Bruja. La mañana olía como a las que caían allá en el barrio. Ésta lo apisonaba, lo hundía contra el asiento, dentro de un olor a frutas maduras recién arrancadas de la mata. Así iba, sin mucho tráfico, por el Pallmeto Expressway, agazapado en los recuerdos.

En la marina de Haulover compró algunas cosas en la tienda. Un americano, que se ocupaba de la venta de carnada, lo ayudó a amarrar el bote al muelle. Era panzón. Los ojos apenas se le distinguían, sepultados por las cejas y los abultados párpados. Tenía el pelo largo muy lacio y llevaba siempre un pañuelo empercudido atado alrededor de la frente. Pero lo más llamativo era la copiosa barba que le cubría los pómulos. Máximo lo llamaba Barba Roja en español y él se reía. Era un americano bonachón al que le preguntaba siempre si creía que era un buen día para la pesca.

—En la línea de sargazo está picando mucho el dorado —le dijo esta vez.

La marea estaba entrando, pero el agua en el *intracoastal* se mantenía tranquila. Los botes se alejaban cargados de varas, lentos, porque estaba prohibido levantar olas en esa zona. Los pescadores entusiasmados preparaban las neveras o ensartaban con paciencia los *ballyhoo* a los anzuelos, para no perder tiempo mar afuera. Algunos botes estaban anclados en el banco de arena que emergía en el medio del estero y allí retozaban en el agua clara algunas familias. Cuando Máximo pasó cerca de ellos pensó que, como otras veces, podía haber hecho lo mismo con su mujer y su hijo. Era un domingo cualquiera, los habitantes de la ciudad se divertían. Las muchachas exhibían las nalgas bien proporcionadas y Máximo disfrutaba cuando las veía sacarse la tela que se les metía en la raja. Empinaban el culo con un movimiento exquisito y la ajustaban hábilmente con los dedos.

Ya bajo el puente el entrante era violento y aceleró el motor. El canal era ancho, pero Máximo mantenía el bote en el mismo medio. En la boca la tumultuosa corriente levantaba peligrosas olas. La embarcación avanzaba con dificultad frenada por la fuerte marejada. Bajo los pinos en la playa de Haulover los bañistas retozaban y los *barbecues* humeaban. Los muchachos pescaban sentados incómodamente sobre las piedras. Máximo cuando iba a bañarse a la playa se reía de los botes a los que la corriente les impedía avanzar, o se admiraba con las *cigarretas* que pasaban veloces dando tumbos sobre las olas. Se quedaba rato sobre las rocas mirando los gatos que se refugiaban en ellas, y sin falta, siempre terminaba diciéndole a Cely que de ese tipo de piedras hicieron los adoquines que forraban las calles de La Habana vieja. Los pinos australianos eran altísimos y coposos. Algunos se abrían en dos formando retorcidas horquetas. Cuando la brisa los movía crujían, pero jamás se partían. Ya había notado, por su costumbre de fijarse en todo, como los árboles reforzaban siempre, con una evidente costura, el sitio donde se bifurcan las ramas o los troncos.

Algunas olas rompían fuerte contra la montaña de rocas que protege la playa de Haulover. Una pequeña ensenada, donde el agua se mantiene tranquila y caliente. Los padres acostumbran a llevar a los niños allí, para protegerlos del peligro de las violentas resacas que suelen formarse en ese lugar y que ya han ahogado a varios turistas infortunados. Máximo se quedó mirando un aburrido papalote chino que empinaban desde la orilla. La extravagante cola giraba como un rabo de nube. Nada tenía que ver con los enérgicos papalotes cubanos, los que Víctor añoraba, llenos de cuchillas en el rabo para echar guerras aéreas, donde uno siempre se iba a bolina. En cuaresma los jóvenes se subían a las azoteas y alegraban el cielo sobre la ciudad de La Habana y en el malecón le refrescaban las colas dejándolos caer sobre las olas. El puente de madera de Haulover ya lo habían terminado de demoler, después que un huracán lo dañó en parte. Por eso el de concreto de Bal Harbour estaba lleno de pescadores. Los hombres, como ahora a Máximo, le gritaban insultos a los botes que pasaban muy cerca del muelle y picaban los nailons con las propelas. Allí los pescadores deportivos se deleitaban enfrascándose en un combate con los sábalos que minaban el canal. Este pez tiende a ser muy peleador y de una fuerza increíble, no como la cherna que viene a flote con la boca abierta como una guanaja. Es muy difícil para un pescador inexperto ganarle una pelea a un sábalo que lucha hasta el último instante. Máximo junto a Pepín, antes de comprarse su bote, ya había vivido todas esas experiencias y recorrido cuanto puente existía en Miami. Cuando no pescaban nada, se entretenían en llenar con sardinas las bolsas de los pelícanos.

El oleaje desapareció tan pronto se alejó del canal. Tomó rumbo sur y se mantuvo navegando paralelo a la costa. Tan cerca, que lograba ver sin dificultad como los bañistas se distraían en la playa. Unos boleaban una pelota con el agua por la cintura. Dos parejas jugaban a la guerra del pan duro. Las mujeres para tiznarse, tiradas en la arena, se entregaban a los rayos del sol. A Máximo le encantaba la marca que le dejaba la trusa a Cely en la piel cuando se soleaba en la playa, aquel contraste lo excitaba y con mucha energía le hacía el amor. El fogaje de la piel lo hacía venirse con más gusto.

Le gustaba ver las olas romper en la orilla desde el mar, pero esta vez tenía que conformarse con ver la lengua de agua saborear la arena. Miró las parejas que se manoseaban en el agua como hacía él mismo con Dulce en la playa de Santa María al este de La Habana. Entonces la recordó como nunca, el sabor a sal en los labios lo transportó. Dulce nunca se resistió a desnudarse con el agua hasta el cuello ni a besarlo con los ojos abiertos cuando se sumergían. Bajo el agua los pendejos parecían un matojo marino, los anillos de pelo sobre la pelvis se alargaban y se movían como las púas de los erizos. ¿Qué sería de Dulce?, se preguntó. Con sólo saber si aquel recuerdo significaba lo mismo para ella era feliz. Creía, tal vez como consuelo, que volver a verla era echar a perder la intensidad de aquellos días que vivieron juntos.

Sin darse cuenta se acercó mucho a la orilla y rectificó el rumbo. El domingo vibraba sobre la cordillera de edificios en la playa, donde las gentes pasaban los fines de semana. Una típica distracción de los habitantes de Miami: una ciudad preparada para aniquilar, donde el tiempo se estanca en las tiendas y sus habitantes siempre aspiran a algo que les cuesta mucho, donde no se vive sino se mide todo. De pronto, a lo lejos, los rascacielos del centro de la ciudad le parecieron una nave espacial, con su gran cola que era Miami Beach, de allí salían los marcianos, allí iban al anochecer, allí se perdían tostados los lunes, para sumergirse en las factorías y comenzar de nuevo el ciclo. Allí habían aprendido a agradecer y no protestar. Nada podía salir mal, pensaban confiados, en una nave multicolor llena de oportunidades. Máximo entre ellos tenía que volver a la oficina a enfrentarse a la computadora y al mundo de la internet, que comenzaba a desplazar la imaginación y convertía a los hombres en un guiñapo extenuado.

Como un cucarachón flotando en el mar divisó el cayo Biscayne con su inconfundible faro centenario. Del puerto venía saliendo un imponente barco mercante. El horizonte de un azul intenso se marcaba muy bien en los robustos cúmulos que se mantenían rasantes con la superficie. Un nubarrón negro contrastaba entre tanta nitidez, chorreaba gris, como si lo hubiesen desinflado de un pinchazo. Pero a pesar del disturbio a lo lejos, era un día hermoso, y aquel desparrame de un aguacero sin transcendencia entonaba la mañana llena de luz, dándole un ritmo acogedor, desenfrenado, único de la naturaleza.

El tráfico de barcos era intenso alrededor del Faro Rock y se mantuvo distante. Para ir a Elliott Key era mucho más cómodo utilizar la marina de Hammock Park o la de Black Point si se quería llegar rápido. Pero a Máximo la vista de la planta atómica, saliendo de esta última, no le complacía mucho. Deterioraba el paisaje. Prefería ir navegando desde Haulover, sin ningún apuro, a lo largo de toda la costa, aunque la distancia era mucho mayor.

Tiró el ancla bien al este de Elliott Key para mantenerse distante de los botes que se dedicaban a la pesca en los bajos. La trasparencia del agua lo atrajo y en unos minutos estaba flotando con su equipo sobre los cabezos. El agua estaba fresca y resplandecía en un color verde claro. Escupió la careta repetidamente para limpiar el cristal y luego se la ajustó de forma que no le entrara agua. Cargó la escopeta, se acercó a un cabezo y se sumergió. Miró entre las piedras buscando alguna cherna, pero no vio nada salvó los traviesos roncos y algunas cojinúas que retozaban entre las piedras. Disfrutó, cuando ascendía, los cambios de temperatura en el agua. Se mantuvo nadando un rato por la superficie contemplando el paisaje marino. Nada lo satisfacía como sentirse rodeado de agua, que el mar lo abrazara. En una de las zambullidas flechó un *sobaco* y lo tiró al bote. A Cely le encantaba el filete blanco y jugoso de aquel pez. A pesar de que varias picudas le dieron tiro no les disparó. Se dejó arrastrar por el paseo, se alejó del bote yendo de un cabezo a otro, sin preocuparse siquiera de que un barco podía atropellarlo. Como otras veces, no arrastraba la boya de advertencia con una bandera roja.

Llevaba horas nadando cuando subió al bote. Puso el pez en la nevera y abrió una cerveza. Luego se acostó en la borda a descansar y se fumó un cigarro. Con el aire fresco acariciándolo se quedó dormido. Se despertó al atardecer achicharrado. Se tiró al agua sudoroso, nado un poco y sentado en la escalerilla, con los pies en el agua, se percató de la soledad que lo rodeaba. Era como un bulto que se mantenía a flote y lo empujaba para que se quitara del medio. Con el sol renuente en el horizonte, la tarde caía. La costa estaba lejos, no se veía un bote cerca. La tranquilidad que lo rodeaba lo deprimió, sintió que le chupaban los pies dentro del agua y subió a bordo asustado. Un traqueteo incontrolable en el pecho se intensificaba y de momento le pareció que algo se escabullía en la proa, por entre la soga que sujetaba el ancla. Un golpe en un costado del bote lo hizo sobresaltarse. El sol opacaba los islotes en el horizonte que emergían como ronchas del agua brillante. El silencio se abultaba sobre él, lo apisonaba. Entonces fue que pensó que había llegado el momento. La tarde era linda y el viento la agitaba. La misma ansiedad que sintió cuando huía de Cuba estaba allí, la misma que lo sobrecogió cuando se despidió de su familia. El sol seguía contagiando las nubes, el horizonte se iba encharcando de un amarillo imponente. La avaricia de la tarde lo exaltaba y comprendió, cuando otro golpe sonó por la proa, que el tiempo no era confiable, que la tarde necesitaba hundirse con él. Con mucha calma levantó el ancla, la cortó con un cuchillo y se la amarró a una pierna. Luego sacó el revólver de una bolsa que mantenía guardada en la caja de avíos. Con descuido tiró el ancla al agua y se afincó con una pierna a la baranda del bote, para que el peso no lo hiciera perder el equilibrio. Se metió el cañón en la boca y lo mordió. El metal le provocó una picazón en la lengua que le aguó los ojos. No sudó como siempre pensó que le iba a suceder. Miró la tarde que galopaba entre las nubes cercenándolas. El aire fresco lo despeinaba. El bote se estremeció con otro golpe, pezuñas parecían rasgar la cubierta. El bullicio salió a la superficie, como si el mar machucara algas contra las rocas del fondo. No pudo precisar el momento en que la bala le destrozó la campanilla y le atravesó el cráneo. Primero salpicaron la superficie del agua diminutos pedazos de cerebro, luego cayó el cuerpo de sopetón. La sangre se diluía en la corriente mientras se hundía. Una mancha de cojinúas, alborotadas, mordían los pedazos de seso a media agua. Era fresca la caída. Sintió escalofríos cuando la frialdad al hundirse lo envolvió. La superficie espumosa temblaba sobre él, la luz, arratonada en la superficie, no se atrevía a sumergirse. La corriente formaba surcos uniformes sobre la arena en el fondo. Era rico hundirse y se lamentó de no haber traído a los suyos. Era como el calor de las nalgas de su mujer cuando se le pegaba en la cama. Ya era tarde, el bote flotaba a lo lejos. No podía precisar el lugar donde habían quedado su mujer y su hijo, pero sí la isla donde sus padres envejecían, porque aunque quisiera nadie iba a poder hundirlos. El mar había dejado de ser inmensidad y era un punto lejano, descolorido, hueco. Sensaciones raras lo ocuparon. Le pareció que Dulce lo ahogaba metiéndole la lengua en la boca. Creyó oír la voz del mecánico que le decía, que el termostato era muy importante para el funcionamiento eficiente del motor de su carro. Recordó cuando leyó que Simón Bolívar dijo desconcertado, que lo único que se podía hacer en América Latina era emigrar y que si fuera posible que una parte del mundo volviera al caos primitivo, éste sería el último período de América Latina. Estaba siendo arrastrado por un río. Un agua clara, dulce, cargada de brujerías que zigzagueaban en la boca de los remolinos. Ríos caudalosos de agua de colonia venían hacia él de todas direcciones, repletos de pétalos que saltaban en la cresta de olas engarrotadas. Los gallos degollados, las palomas blancas, los cartuchos llenos de trapos multicolores se amontonaban en la orilla. Ya el mar estaba lejos, lo podía ver a través de las ventanas que lo rodeaban. La carolina flotando en una gran tinaja, hacía repiquetear sus flores sobre los taburetes humedecidos por las gotas de leche que goteaban las ramas. A lo lejos, Rosario la Bruja, con su saya de trapo, bailaba exhausta entre los cactus un toque de santo. Pepe el Baba y Máximo trataban de atrapar las gotas de leche con la boca abierta. En otra ventana estaba su madre mirándolo con su notable carnosidad sobre las pupilas, su padre saliendo del baño medio encuero empavonándose el pelo de brillantina. Por otra se veía una cascada, dos tetas enormes chorreaban leche fresca por los pezones. Florencio, junto a su perro, preparaba un cocimiento interminable echando hierbas en una cacerola al rojo vivo, lo miraba y reía victorioso. En otra ventana había alguien masturbándose y los goterones de semen caían sobre un patio adoquinado como las calles de La Habana Vieja. Llovía, el viento silbaba en las persianas. Él estaba bajo la lluvia pelando una manga blanca y sangraba por un arañazo que tenía en la cara. La soledad caía también hecha granizo, se enterraba en el fango y se derretía. Luego quedó sólo la lluvia, se enterneció oyendo el ruido que producía al golpear la tierra. Las gotas pateando los pantanos. Voló hasta la ventana, la madera estaba podrida y vio los comejenes jactándose en el interior. Se apoyó en el marco y brincó, la lluvia era ahora un polvillo refrescante. Un canto gregoriano se filtró por el espacio que dejaban las gotas entre sí. Había paz en las voces. Se hundía hasta los tobillos caminando en el fango. La lluvia cantaba a los espantos y sentía en su cuerpo un abrazo. No había nada de que huir, nada en que encerrarse.

—El otro lado es fango —se dijo lamentándose—, fango y lluvia, otra vez lluvia.

XIV

La noche caía espesa sobre Hialeah. Jadeaba empujando las puertas para entrar a la casa. Pero Cely no la dejaba, miraba a través del cristal como la oscuridad convertía al galán de noche en un bulto. Sintió miedo y prendió la luz. El resplandor se posó sobre las ramas que descansaban sobre la cerca y las hojas se entonaron al reaparecer. Estaba preocupada, era tarde y Máximo no había regresado. Mario, frente al televisor, se sofocaba con su juego de video.

—Baja ese televisor por favor —le dijo la madre que no soportaba la música chillona que acompañaba el movimiento de las figuras al desplazarse.

Cely fue a la cocina y se sirvió un poco de agua. Tomó despacio como si la masticara. Tenía las flemas aferradas a la garganta. Unas gotas le cayeron sobre la bata de casa con el último sorbo. Estaba inquieta. Fue al baño y se peinó, miró como los poros de la cara, demasiado dilatados, le hacían lucir áspera la piel. Arregló las toallas y organizó los pomos de perfume en el tocador.

Pensaba tirarse un rato en la cama cuando tocaron a la puerta. Pasó junto a su hijo que seguía inmutable frente al televisor. Prendió la luz del portal antes de abrir. Se sorprendió cuando vio un policía uniformado parado en el umbral. Era un hombre alto y corpulento. Llevaba el traje demasiado entallado. Pero lo que más impresionó a Cely fue el sin fin de andariveles que le colgaban de la cintura, además de la pistola.

—Buenas noches —dijo el policía.

—Buenas —contestó Cely sin poder ocultar su nerviosismo.

—Vengo a informarle que el bote de... —hizo una pausa— supongo que debe ser su esposo, se halló a la deriva cerca de Elliott Key. Aquí están los papeles que se encontraron con el nombre y la dirección del propietario.

—Sí, es mi esposo —dijo Cely temblorosa cuando leyó el nombre de Máximo en la propiedad.

—El que lo ocupaba está desaparecido. No quiero asustarla, pero se encontraron manchas de sangre...

Cely bajó la cabeza cuando empezó a llorar y no atinó a otra cosa que a salir corriendo hacia donde estaba su hijo frente al televisor.

La vecina de enfrente, al ver la patrulla frente a su casa, se asomó curiosa por entre la maleza. Las plantas estaban iluminadas como nunca en la noche oscura. El chorro de la fuente tintineaba entre múltiples colores.

Cuando Cely se alejaba atropelladamente por el pasillo, el patrullero miró, con una mano apoyada en la pistola, como saltaban bajo la bata, las corpulentas nalgas.

—Mario, mi hijito, parece que le pasó algo a tu padre —gritó la madre descontrolada.

La mujer estaba de rodillas frente a su hijo sollozando, sin fuerzas, sin atinar a nada.

—Mario, Mario tu padre... —dijo llorando a mares.

El muchacho se volvió hacia ella sonriente, ajeno, sin comprender el porqué de aquella algarabía.

—Mami, mira, rescaté a la princesa —dijo satisfecho señalando el televisor.

ALGUNOS LIBROS PUBLICADOS EN LA COLECCIÓN CANIQUÍ POR EDICIONES UNIVERSAL:

024-0 PORQUE ALLÍ NO HABRÁ NOCHES, Alberto Baeza Flores
1365-6 LOS POBRECITOS POBRES, Alvaro de Villa
196-4 LA TRISTE HISTORIA DE MI VIDA OSCURA, Armando Couto
227-8 SEGAR A LOS MUERTOS, Matías Montes Huidobro
255-3 LA VIEJA FURIA DE LOS FUSILES, Andrés Candelario
292-8 APENAS UN BOLERO, Omar Torres
303-7 LA VIDA ES UN SPECIAL, Roberto G. Fernández
3460-2 LA MÁS FERMOSA, Concepción Teresa Alzola
442-4 BALADA GREGORIANA, Carlos A. Díaz
476-9 LOS BAÑOS DE CANELA, Juan Arcocha
494-7 PAPÁ, CUÉNTAME UN CUENTO, Ramón Ferreira
495-5 NO PUEDO MAS, Uva A. Clavijo
519-6 LA LOMA DEL ANGEL, Reinaldo Arenas
542-0 EL EMPERADOR FRENTE AL ESPEJO, Diosdado Consuegra
544-7 VIAJE A LA HABANA, Reinaldo Arenas
554-4 HONDO CORRE EL CAUTO, Manuel Márquez Sterling
560-9 EL PORTERO, Reinaldo Arenas
587-0 NI TIEMPO PARA PEDIR AUXILIO, Fausto Canel
594-3 PAJARITO CASTAÑO, Nicolás Pérez Díez Argüelles
595-1 EL COLOR DEL VERANO, Reinaldo Arenas
596-X EL ASALTO, Reinaldo Arenas
611-7 LAS CHILENAS (novela o una pesadilla cubana), Manuel Matías
619-2 EL LAGO, Nicolás Abreu Felippe
630-3 CUENTOS DEL CARIBE, Anita Arroyo
632-X CUENTOS PARA LA MEDIANOCHE, Luis Angel Casas
657-5 CRÓNICAS DEL MARIEL, Fernando Villaverde
670-2 LA BREVEDAD DE LA INOCENCIA, Pancho Vives
693-1 TRANSICIONES, MIGRACIONES, Julio Matas
699-0 EL AÑO DEL RAS DE MAR, Manuel C. Díaz
705-9 ESTE VIENTO DE CUARESMA, Roberto Valero Real
707-5 EL JUEGO DE LA VIOLA, Guillermo Rosales
728-8 CUENTOS BREVES Y BREVÍSIMOS, René Ariza
729-6 LA TRAVESÍA SECRETA, Carlos Victoria
741-5 SIEMPRE LA LLUVIA, José Abreu Felippe
772-5 CELESTINO ANTES DEL ALBA, Reinaldo Arenas
780-6 LA ESTRELLA QUE CAYÓ UNA NOCHE EN EL MAR,Luis Ricardo Alonso
782-2 MONÓLOGO CON YOLANDA, Alberto Muller
817-9 LA 'SEGURIDAD' SIEMPRE TOCA DOS VECES Y LOS *ORISHAS* TAMBIÉN, Ricardo Menéndez
791-1 ADIÓS A MAMÁ (De La Habana a Nueva York), Reinaldo Arenas
07-1 LA CASA DEL MORALISTA, Humberto J. Peña
12-8 A DIEZ PASOS DE EL PARAÍSO, Alberto Hernández Chiroldes
52-7 LA RUTA DEL MAGO (novela), Carlos Victoria
54-3 LOS PARAÍSOS ARTIFICIALES (novela), Benigno S. Nieto
79-9 HISTORIAS DE LA OTRA REVOLUCIÓN, Vicente Echerri
83-7 VARADERO Y OTROS CUENTOS CUBANOS, Frank Rivera
13-2 EL DÍAS MÁS MEMORABLE (relatos), Armando Álvarez Bravo
14-0 EL OTRO LADO (relatos), Luis de la Paz
16-7 CINCUENTA LECCIONES DE EXILIO Y DESEXILIO, Gustavo Pérez Firmat